共和国故事

人民公仆

——全国广泛开展学习焦裕禄活动

李 琼 编写

吉林出版集团股份有限公司

图书在版编目（CIP）数据

人民公仆：全国广泛开展学习焦裕禄活动/李琼编. —

长春：吉林出版集团股份有限公司，2009. 12

（共和国故事）

ISBN 978-7-5463-1751-9

Ⅰ．①人… Ⅱ．①李… Ⅲ．①纪实文学 – 中国 – 当代 Ⅳ．①I25

中国版本图书馆 CIP 数据核字（2009）第 237773 号

人民公仆——全国广泛开展学习焦裕禄活动

RENMIN GONGPU　　　　QUANGUO GUANGFAN KAIZHAN XUEXI JIAO YULU HUODONG

编写　李琼

责任编辑　祖航　息望

出版发行　吉林出版集团股份有限公司

印刷　三河市嵩川印刷有限公司

版次　2010 年 1 月第 1 版　　　　2022 年 1 月第 9 次印刷

开本　710mm×1000mm　1/16　　　印张　8　字数　69 千

书号　ISBN 978-7-5463-1751-9　　　定价　29. 80 元

社址　吉林省长春市福祉大路 5788 号

电话　0431 – 81629968

电子邮箱　tuzi8818@126. com

前　言

自 1949 年 10 月 1 日中华人民共和国成立至今,新中国已走过了 60 年的风雨历程。历史是一面镜子,我们可以从多视角、多侧面对其进行解读。然而有一点是可以肯定的,那就是,半个多世纪以来,在中国共产党的领导下,中国的政治、经济、军事、外交、文化、教育、科技、社会、民生等领域,都发生了深刻的变化,中国人民站起来了,中华民族已屹立于世界民族之林。

60 年是短暂的,但这 60 年带给中国的却是极不平凡的。60 年的神州大地经历了沧桑巨变。从开国大典到 60 年国庆盛典,从经济战线上的三大战役到经济总量居世界第三位,从对农业、手工业、资本主义工商业的三大改造到社会主义市场经济体制的基本确立,从宜将剩勇追穷寇到建立了强大的国防军,从废除一切不平等条约到独立自主的和平外交政策,从"双百"方针到体制改革后的文化事业欣欣向荣,从扫除文盲到实施科教兴国战略建设新型国家,从翻身解放到实现小康社会,凡此种种,中国人民在每个领域无不留下发展的足迹,写就不朽的诗篇。

60 年的时间在历史的长河中可谓沧海一粟。其间究竟发生了些什么,怎样发生的,过程怎样,结果如何,却非人人都清楚知道的。对此,亲身经历者或可鲜活如昨,但对后来者来说却可能只是一个概念,对某段历史的记忆影像或不存在,或是模糊的。基于此,为了让年轻人,特别是青少年永远铭记共和国这段不朽的历史,我们推出了这套《共和国故事》。

《共和国故事》虽为故事,但却与戏说无关,我们不过是想借助通俗、富于感染力的文字记录这段历史。在丛书的谋篇布局上,我们尽量选取各个时代具有代表性或深具普遍意义的若干事件加以叙述,使其能反映共和国发展的全景和脉络。为了使题目的设置不至于因大而空,我们着眼于每一重大历史事件的缘起、过程、结局、时间、地点、人物等,抓住点滴和些许小事,力求通透。

历史是复杂的,事态的发展因素也是多方面的。由于叙述者的视角、文化构成不同,对事件的认知或有不足,但这不会影响我们对整个历史事件的判断和思考,至于它能否清晰地表达出我们编辑这套书的本意,那只能交给读者去评判了。

这套丛书可谓是一部书写红色记忆的读物,它对于了解共和国的历史、中国共产党的英明领导和中国人民的伟大实践都是不可或缺的。同时,这套丛书又是一套普及性读物,既针对重点阅读人群,也适宜在全民中推广。相信它必将在我国开展的全民阅读活动中发挥大的作用,成为装备中小学图书馆、农家书屋、社区书屋、机关及企事业单位职工图书室、连队图书室等的重点选择对象。

编　者
2010 年 1 月

目　录

一、 宣传号召

● 县委大院里有两排破旧的平房，白花花的盐碱漫地而生，爬上墙头、窗台，红砖墙被盐碱腐蚀得遍体斑驳。

● 穆青走到焦裕禄曾经坐过的藤椅前，很长时间没有说话，抚摸着藤椅扶手不停地落泪。

● 中断、中断，录音不得不一次一次中断。到后来连录音编辑都挺不住了，趴在操作台上长哭不起。

宣传报道焦裕禄事迹

1964 年，河南省兰考县委书记焦裕禄因患肝癌不幸逝世，时年 42 岁。

焦裕禄去世时，兰考县委副书记张钦礼正在民权县参加省里的沙区造林现场会。

在会议上，张钦礼流着泪讲述了焦裕禄对兰考县除"三害"作出的突出贡献、感人事迹，以及焦裕禄和兰考人民结下的深情厚谊。

特别是张钦礼讲到焦裕禄临终时说："我死后只有一个要求，请求组织上把我运回兰考，埋在沙丘上，活着我没有治好沙丘，死了也要看着你们把沙丘治好!"这时，张钦礼泣不成声，参加会议的许多同志都流了泪。

主持会议的王维群副省长听了张钦礼的介绍后，高度评价了焦裕禄同志，提出应该很好地学习焦裕禄。

焦裕禄，1922 年 8 月出生在山东省淄博市博山区崮山镇北崮山村一个贫农家庭里。因生活所迫，幼年时代只读了几年书就在家参加劳动。

抗日战争初期，由于日寇、汉奸和国民党反动派对劳动人民的剥削和压迫越来越残酷，焦裕禄的父亲焦方田走投无路，被逼上吊自杀。

日伪统治时期，焦裕禄曾多次被日寇抓去毒打、坐牢，后又被押送到抚顺煤矿当苦工。焦裕禄忍受不了日寇的残害，于1943年秋天逃出虎口，逃到江苏宿迁给一家地主当了两年长工。

1945年抗日战争胜利后，焦裕禄从宿迁县回到了自己的家乡，他主动要求当民兵，并积极参加解放博山县城的战斗。

焦裕禄是1946年1月参加中国共产党的，后正式参加了县区武装部的工作，在当地领导民兵，坚持游击战争。解放战争时期，他带领民兵参加过不少战斗，之后又调到山东渤海地区参加土地改革复查工作。

解放战争后期以后，焦裕禄在地方担任过许多领导职务。

1962年12月，焦裕禄被调到兰考县，任县委书记。

这次河南省在民权县组织召开的沙区造林现场会议，新华社记者鲁保国参加了。他凭着记者的职业敏感，觉得焦裕禄是一个值得认真宣传的重大典型。趁着休息时间，他采访了张钦礼。

张钦礼有声有色的介绍深深打动了鲁保国，他立即向新华社河南分社领导作了电话汇报。开完会，回到分社后，他又向领导作了详细汇报。

事后，有人这样评说：第一个积极介绍焦裕禄事迹的人是张钦礼，第一个热情宣传焦裕禄精神的人是鲁保国。

1964年8月29日，张钦礼给河南省委写了一份《关于兰考人民除"三害"斗争中焦裕禄事迹的报告》。

省委一位副书记读了这个报告很感动，在一次工作会议上，表扬了焦裕禄大公无私、忘我工作的精神，号召全省党员、干部向他学习。

新华社河南分社了解到这一情况后，引起了大家对这个典型的极大关注。征得新华社同意，正式认定焦裕禄是一个重大典型，准备进行深入采访，突出报道。

当年 10 月，新华社河南分社副社长张应先和记者鲁保国、逯祖毅赴兰考采访，由新闻干事刘俊生全程陪同。

大家怀着对焦裕禄崇敬的心情，历时半个月，先后走访了数十位焦裕禄的生前好友和老农，搜集掌握了大量素材。

1964 年 11 月 19 日晚上，新华社播发了一篇 2000 多字的通讯稿，刊登在第二天《人民日报》第二版的左下方，主题为《焦裕禄同志为党为人民忠心耿耿》。

同时，新华社又发了一个比较详细的约有 3000 字的地方稿。

后来，刘俊生写了一篇《宣传报道焦裕禄的前前后后》的文章，他写道：

河南日报社当天就打电话给兰考县委，让我去报社一趟。《河南日报》总编辑刘同世接见了我，在一个下午和晚上的时间里，热烈地交谈着焦裕禄事迹和陪同新华社记者采访的经过。

刘总编告诉我，《河南日报》开辟了一个专栏，题目是《学习焦裕禄为人民服务的革命精神》。该专栏在此后的日子里，连发了10多期。1965年1月，《河南日报》记者黎路来到兰考，我们立即投入采写，经过20多天的努力，4000多字的通讯脱稿，题目为《焦裕禄啊，兰考人民怀念您》，发表在1965年1月27日的《河南日报》第二版上。

穆青组织采访焦裕禄

1965 年，新华社副社长穆青去西安召开分社会议，讨论下一步的报道计划。

穆青绕道河南，让河南分社领导给记者周原留下话，叫他先到豫东灾区摸摸情况，物色几个采访线索，10 天后他们回来听取汇报。

周原在穆青走后的当天就直奔豫东灾区。豫东是河南重中之重的灾区。这里有历史遗留下的三害：内涝、风沙、盐碱。自南宋以来，横穿豫东的黄河屡屡决口，十年九灾。

穆青了解豫东人民的苦难，更知道豫东人民身上那股子百折不挠的顽强。他坚信，在豫东灾区一定有比灾情更强硬的东西！

周原坐上长途汽车，第一站到达杞县。县里正在开公社三级书记会议，县委书记说晚上没空，派了个水利局局长来陪周原。

第二天，天刚蒙蒙亮，周原就跑到汽车站，在小食摊上吃了一碗元宵，只见一辆车子正要开，他"噌"地跳了上去。

车开出去好远，他才问："这车是去哪儿？"

售票员奇怪地扫了他一眼回答："兰考。"

车到兰考，周原摸到县委大院，迎面碰上县里的新闻干事刘俊生。

周原说明来意："我们新华社副社长穆青同志，想写一篇改变灾区面貌的报道，他让我先探探路，摸摸线索……"

刘俊生抢过话头就说："兰考开展除'三害'斗争，把俺们县委书记都活活累死了！"

周原一愣，忙问："谁?"

"焦裕禄！"说着，刘俊生从床底下抱出了一堆破棉鞋、破袜子、破衣服，旁边还有一张破藤椅。这些都是焦裕禄的遗物。办公桌的玻璃板底下还压着一张字条，写着：

兰考人民多奇志，敢教日月换新天。

这是焦裕禄临终前准备写的文章题目，内容他还没有来得及动笔。

刘俊生孩子般呜呜地哭诉，县长张钦礼抹着泪珠子一口气回忆了 20 多个小时。

周原痛断肝肠，他没有想到自己随意乘车来到的兰考，竟有这样一个顶天立地的共产党人！

12 天之后，周原回到郑州。穆青一行从西安回来。一见面，穆青就从周原的眼睛里知道：这里有金。

第二天，省委派出一辆吉普车，在寒风料峭中飞驰而去。

兰考是一个古县城，据说最早可以追溯到汉章帝时代。方圆1800多平方公里，黄河历次改道都经过这里。连年不断的沙荒、盐碱、内涝、水灾使兰考成了豫东重灾区中的"黑锅底"。

12年中，兰考全县36万人，逃出去的有3.8万多人，剩下的全部靠国家救济。

1965年12月17日上午，穆青一行走进兰考县委大院。

县委大院里有两排破旧的平房，白花花的盐碱漫地而生，爬上墙头、窗台，红砖墙被盐碱腐蚀得遍体斑驳。院子中央有一棵不高的石榴树，像一株褐色的铁枝。县委会议室内正面墙上挂着马克思、恩格斯、列宁、斯大林、毛泽东的画像，西面墙上有一只老式挂钟。屋子中间是一张破旧的长方形木桌，两面对摆着几张破木条钉起来的连椅。

穆青感觉有一种熟悉而又遥远的气息在四周弥漫着，他静默无言。

张钦礼、刘俊生，还有焦裕禄的秘书李忠修有些紧张，兰考这个穷县很少有记者来，可今天来的却是新华社的副社长。

他们把周原悄悄拉到一边，问："没想到来了这么多北京的大记者，这该咋个讲法？"

周原说："你们第一次怎么跟我讲的，就怎么跟他们讲。是啥说啥，一句不要夸大。"

"讲焦书记还用夸大？"三个人的眼圈红了。他们拿出了珍藏的焦裕禄的三件遗物，还有焦裕禄生前仅有的几张照片。照片上的这位县委书记面容清癯，目光深邃。

他们开始讲述焦裕禄的许多感人事迹。

一个人哽咽地回忆说：

> ……那晚下大雪，我看见焦书记房间里的灯光亮了一夜。大清早他挨门把我们干部叫醒，干啥？他说快去看看老百姓，"在这大雪封门的时候，共产党员应该出现在群众面前"！这一天焦书记硬是忍着病痛，在没膝的雪地里转了九个村子。

另一人流着泪接着回忆说：

> ……那次暴雨下了七天七夜，焦书记一刻不停，打着伞在大水里奔来奔去，亲自测绘洪水的流向图。到了吃饭的时候，村干部张罗着要给他派饭。焦书记吃过灾民讨来的"百家饭"，喝过社员家的野菜汤，可这会儿他说啥也不吃。为啥，他说下雨天，群众缺烧了。

另一人泪流满面又接着回忆说：

　　焦书记家里也困难，没条像样的被子，烂得不行了翻过来盖。我们县里补助他三斤棉花票，他就是不要，说群众比他更困难。

　　穆青一行听大家哭诉说，焦裕禄后来被查出肝癌，人都不行了，还在病床上念叨，张庄的沙丘，赵垛楼的庄稼，老韩陵的泡桐树。临死前还要我们去拿把盐碱地的麦穗给他看一眼。

　　穆青一行还听大家哭诉说，群众知道焦书记得病的消息后，四乡八村的老百姓拥到县委，都来问焦书记住在哪家医院，非要到病房里去看看他。县里干部劝也不听，东村刚走，西庄的又来了。后来焦书记的遗体运回兰考，老百姓扑在他的墓上，手抠进坟头的黄土里，哭天哭地地喊：回来呀回来。还听大家说，有个叫靳梅英的老大娘，听说焦书记去世了，大黑天摸到县城，看见宣传栏里有焦书记的遗像，不走了，就坐在马路上，呆呆地看着遗像一动不动。那时，天上正下着大雪啊！

　　伤痛、伤痛，依然是伤痛！心被撞击着！撕扯着！震撼着！一屋子记者早已哭成了泪人。

　　穆青悲恸得不能自持，他站起身，在屋子里不停地来回走动，眼泪抹了一把又一把，不时掏出手帕擦泪。

　　他又走到焦裕禄曾经坐过的藤椅前，很长时间没有说话，抚摸着藤椅扶手不停地落泪。

爱动感情的周原，竟然发出呜呜的抽泣声。

穆青说："我参加工作28年了，都没有哭过，这次被焦裕禄的事迹感动得流出了眼泪。焦裕禄精神太感人了，这是党的宝贵财富，虽然报道过，还得重新组织报道。报道不出去，就是我们新闻工作者的失职！"

穆青在他的采访笔记中，记录了当时的真实感受：

我们在兰考采访期间，深深感到兰考的干部和群众对焦裕禄同志的怀念，是真诚而深厚的，县委的所有同志谈起焦书记来，最后总是热泪盈眶几次说不下去，县委书记张钦礼说一次哭一次，实在令人感动。县委通讯干事刘俊生保存了焦裕禄同志生前穿过的一双袜子和一双棉鞋，袜子一补再补，鞋子也破得不像样子，这些遗物生动地说明焦裕禄同志艰苦朴素的品质。

中午，炊事员做好了饭，谁也没去吃，一个个都在哭。下午继续谈，更不行，一开口就哭，伤心得连钢笔都捏不住。晚饭热了又凉，无人动筷，咽不下。

窗外夜幕降临，寒气愈加浓重，北风呼呼作响。穆青站在一盆炭火前，望着蓝色的火焰，心里翻江倒海。

周原推门进屋，穆青劈头吼道："写！现在就写！立即写出来！"

"谁写？"

"你写！马上写！"

"怎么写？"

"就原原本本地写。这么一个县委书记，全心全意为人民服务，群众又这么热爱他，怀念他。在他身上体现了一个共产党员全部的优秀品质。一个共产党员应该做到的他全做到了。我们一定要把他写出来！再笨也要把他写出来！不把他写出来，我们就对不起人民！"

穆青接着说："今晚继续召开座谈会，把县委了解焦裕禄的人召集起来继续谈。"

当晚，哭声、谈话声一直持续到深夜……

穆青一夜无眠。寒风吹打着窗纸，细细的黄沙从门缝、窗隙间钻进来，静静地落在脸上、被子上。他蜷缩在被窝里，一闭上眼睛，焦裕禄的面孔就在眼前晃动。

穆青作为与焦裕禄经历了同一段革命历史的共产党人，他对这位已故的县委书记有着太深的理解、太多的感受。

焦裕禄是在兰考遭受空前自然灾害的关头，毅然接下党交给的重担的。焦裕禄说："越是穷，越是困难，越能锻炼人的革命意志，培养人的革命品格。共产党员，就是要在困难中逞英雄嘛！"这是多么熟悉的话语。

穆青想起三年困难时期，他在内部报道会议上讲的话："我们在物质上不行了，但我们的精神不能垮！我们要在困难面前逞英雄！"

焦裕禄风雪天访贫问苦，当那位双目失明的老人问他："你是谁啊？"他俯下身回答："我是你的儿子。"

这句话让穆青痛断心肠。他想起战火年代那些为了保护八路军牺牲的百姓；想起南下途中那些推着小车、挑着担子的支前民工；想起雪原小屋里那个把他的冻脚捂在怀里的老大爷……"我也是人民的儿子啊！"

焦裕禄，好同志，好兄弟，我们有太多共同的理想，我们有太多共同的责任，我们有太多共同的感情！然而你更忘我，更纯粹，更高尚！

穆青的泪水洒满枕头。许久以来积聚在他心底的种种寻找、期待、思考、情感……这一刻，如长河决堤。

第二天，周原继续在县里基层采访。

穆青一行，先是去了黄河拐弯处的险地东坝头，之后又去了韩庄、张庄等村子。在韩庄他们到了老贫农肖位芬的家，他正在吃馍，一提焦书记，一口馍就是咽不下，吐了出来。他流着泪讲述了焦书记坐在地铺上和他扯了三天三夜的情景。焦裕禄正是听了这位老人的建议，在兰考大栽泡桐，取名"兰桐"。肖位芬指着屋前大片的泡桐林说："焦书记要是活着，看到这些林子，他该多高兴……"

在姬庆云家的牛屋里，穆青听他讲述了焦书记和村里人一起翻淤压沙。吃派饭时，就吃各处要来的"百家饭"。姬庆云说着哭着，一把鼻涕一把泪……

穆青在村里的所见所闻，让他再一次感受着焦裕禄这位共产党人的不朽。兰考成为穆青一行人情感无法承受之地，他们在这里吃不下、睡不着，开口就想哭，去哪儿都泪流。最终，穆青决定，离开兰考，去距兰考最近的开封写稿。

这一天早饭后，穆青一行离开兰考，到达开封，当晚讨论稿子。

开封交际处二层的 5 个房间，彻夜明灯。

穆青给每个人分配任务，周原写焦裕禄通讯初稿，冯健写一路跑下来的豫东抗灾全景，另外两个人写评论。

穆青不停地在几个房间走动，像个"监工"。半夜他走进周原的房间，看到稿纸上有一句话"他心里装着全体兰考人民，唯独没有他自己"，不禁击掌叫绝说："好！这样的话多来几句！"

后半夜，穆青见他们 4 个人写得正酣，便在自己的屋里埋头记日记。这已是他多年的习惯了。在这一天的日记中，他一边流泪一边记下采访焦裕禄这些日子的种种印象、感受。

一天一夜没有停笔，1.2 万字的初稿，周原挥泪一气呵成。

穆青、冯健带着这份初稿回到北京。

穆青首先向新华社社长汇报。

那天社长很忙，他对穆青说："没空。"

"只要半个小时。"穆青坚持。

经过半个小时的汇报后，社长被深深地打动了。他站起来，连声说："写！发！"

同时，社长让穆青先在新华社内部作个报告。结果那场报告，台上穆青泣不成声，台下的听众哭声一片。

稿子先由冯健修改，再由穆青修改。

社长去找时任中央书记处书记彭真，彭真同志看了后，当场就拍板了。

1966 年 1 月 14 日，有关领导打电话转达了穆青的意见，中央领导表示，同意树立焦裕禄这个典型。新华社打算要像宣传雷锋、王杰那样，不惜版面，大张旗鼓地、突出连续地宣传报道焦裕禄。

北京当时已入三九。每天夜晚穆青穿着棉衣、棉裤坐在桌前改稿，后半夜气温降至零下十几摄氏度，寒气逼人，他就干脆钻进被窝里，头靠着墙，双手端着稿子改，一段一段字斟句酌。床头那盏台灯彻夜不息。日子长了，床头的白灰墙壁上竟然磨出一块巴掌大的头油印。

穆青后来曾回忆这一段情景说：

> 满脑子都是他，耳朵里回响的是他的声音，眼睛里看到的是他的形象，如醉如痴一样。

稿子改到第五遍，他们拿给了新华社社长。

社长看了稿子，一边流泪一边对家人说："多少年没有看过这么感人至深的作品了。"但是他觉得稿子的结尾"哭坟"一段写得太悲惨，太压抑。他建议："应该有一点昂扬的气概，尾巴不能耷拉下去，要翘起来。"

尽管穆青有点舍不得删那段动人心魄的结尾，但认为社长的建议是正确的，便忍痛割爱。

第七稿改好，穆青再拿给社长看。社长通过。

穆青让人把稿子打出清样，寄给周原，让他带着稿子到兰考核对。

周原带着稿子到兰考，正赶上县委召开公社、大队、生产队三级干部大会。

张钦礼拿着稿子在大会上念，刚一念就泪流不止，念不下去了。另一个人接过来念，哭得更厉害。

周原只好自己念，中间几次哽咽无语。在场2000多名干部哭成一片。最后除订正了几个人名、地点外，大家都认为事实全部准确，一致举手通过。

稿子终于完成了。在穆青的感觉中，就好像是随着这位优秀的共产党人、这位心灵的至交重新活过一遍，他心中许许多多的东西都在焦裕禄的身上找到了。

穆青后来与青年记者谈心时说："我们是把他作为一个共产党员的典型来写的。突出了他作为一个党员领导干部身上的许多优秀品质。这是一个真正的共产党员的形象，我们把全部的思想感情都融入焦裕禄的事迹里面去了。为什么？因为他体现了我们的思想。"

《人民日报》宣传报道焦裕禄

1966年2月7日清晨，在中央人民广播电台录音室里，气氛凝重。

长篇通讯《县委书记的榜样——焦裕禄》就要播出，可是录音制作却遇到了前所未有的艰难局面，稿子还未念完一半，播音员齐越已泣不成声了。

中断、中断，录音不得不一次一次中断。到后来连录音编辑都挺不住了，趴在操作台上长哭不起。

闻讯赶来的几十位播音员、电台干部，肃立在录音室窗外，静静地听，默默地看，悄悄地擦眼泪。

终于齐越念到最后一句：

焦裕禄同志……你没有死，你将永远活在千万人的心里！

文章广播后的当天晚上，当时中央书记处候补书记胡乔木在上海，他让秘书给穆青打电话，说这篇东西非常让人感动，对穆青表示祝贺。说一个老记者带两个新记者搞这种东西，这是最好的采访方法，希望穆青他们发扬这种精神。

1966年2月7日，《人民日报》在一版头题发表了长篇通讯《县委书记的榜样——焦裕禄》。播音员饱含深情地说：

> 焦裕禄虽然去世了，但他在兰考土地上播下的自力更生的革命种子，正在发芽成长。他一心为革命、一心为群众的高贵品德，已成为全县干部和群众学习的榜样。这一切宝贵的精神财富，今天已化为强大的物质力量，推动着兰考人民在自力更生、奋发图强的大道上继续前进。

> 焦裕禄同志，你没有辜负党的希望，你出色地完成了党交给你的任务，兰考人民将永远忘不了你。你不愧为毛泽东思想哺育成长起来的好党员，不愧为党的好干部，不愧为人民的好儿子！你是千千万万在严重自然灾害面前，巍然屹立的共产党员英雄形象的代表。你没有死，你将永远活在千万人的心里！

与此同时，《人民日报》还发表了《向毛泽东同志的好学生——焦裕禄同志学习》的社论。社论向广大党员、干部发出号召：

> 学习焦裕禄不为名，不为利，不怕苦，不怕死，一心为革命，一心为人民，完全彻底地

为人民服务的革命精神。学习焦裕禄大搞调查研究，坚持从群众中来到群众中去的领导方法。

社论高度评价了焦裕禄的先进事迹，社论说作为党的县委书记，焦裕禄同志是一个出色的代表。

社论还说：

焦裕禄同志表现了一个共产党人的高贵品德。他不愧为毛泽东同志所说的"一个高尚的人，一个纯粹的人，一个有道德的人，一个脱离了低级趣味的人，一个有益于人民的人"。

社论在谈到学习焦裕禄的意义时，充满激情地叙述焦裕禄为了改变兰考县的面貌，他进行了一系列的调查研究工作。焦裕禄同志完全懂得，只有认识了兰考县的客观条件和自然规律，才有可能找到改造它的正确道路。他奋不顾身地投入调查研究工作中。他有这样的雄图：要把兰考县 1800 平方公里土地上的自然情况摸透，亲自掂一掂兰考"三害"究竟有多大的分量。在这项工作当中，他有一句名言："吃别人嚼过的馍没味道。"他亲自冒着风沙雨雪作调查，掌握第一手材料。这是毛泽东同志历来提倡的工作态度和工作方法。他在一年多的时间里，在全县 149 个大队中，跑遍了 120 多个。正是这样艰苦的系统的全面的调查研究，使焦裕禄能够提出改变兰

考面貌的切合实际的规划。

为了改变兰考县的面貌，焦裕禄发动群众，依靠群众，向群众学习，同群众一起作斗争。他把群众同自然灾害斗争的宝贵经验，一点一滴地集中起来，成为全县人民的共同财富，成为全县人民战胜灾害的有力武器。

社论还说：

焦裕禄同志的事迹，对于全国各地的县委书记同志和各行各业的领导干部，是一个巨大的启发。从焦裕禄同志身上，可以得到为谁服务的鲜明的答案，他为我们树立了一个完全、彻底地为人民服务的典范；从焦裕禄同志身上，也可以得到怎样为群众服务的生动的答案，他为我们树立了一个活学活用毛泽东思想，解决本地区、本部门的实际问题的典范。

社论最后说：

焦裕禄同志是我们党的好党员，是中国人民的好儿子。学习焦裕禄同志的工作精神和工作方法，一定会有更多的焦裕禄出现……

《人民日报》感人肺腑、催人泪下的通讯和社论一发表，立即在全国引起了很大震动。

《人民日报》又一次发表社论《要有更多这样的好干部》。

2月9日，解放军总政治部也发出通知，号召全军干部特别是团以上的干部都要向焦裕禄学习。

2月11日，全国总工会也发出向焦裕禄学习的通知。

在同一天，共青团中央也发出向焦裕禄学习的通知，号召全体共青团员学习焦裕禄公而忘私的精神。

与此同时，各省、市、县委也号召向焦裕禄学习。

至此，全国上下学习焦裕禄的活动蔚然成风。

毛泽东号召向焦裕禄学习

为了深入地、连续突出地宣传报道焦裕禄的事迹，穆青又一次亲临兰考。根据当时宣传形势的需要，新华社河南分社暂迁兰考现场办公。

为了报道一个典型，把新闻机关搬到现场办公，这在中国新闻史乃至世界新闻史上都是罕见的。其他新闻、出版、文艺单位也纷纷派记者、作家到兰考采访、报道，一时堪称中国新闻史上的奇观。

尽管在焦裕禄之前也出现了英雄人物欧阳海、王杰、麦贤得等，但是对这些英雄人物的宣传都没有达到像宣传焦裕禄那样的高度，显然，《人民日报》超乎寻常的举动，把全国上下学习焦裕禄的运动推向了高潮。

1966 年 2 月 1 日，河南省政府追认焦裕禄同志为革命烈士。

毛泽东也亲自为焦裕禄题词：

为人民而死，虽死犹荣

1966 年 2 月 9 日，时任国家副主席的董必武代替毛泽东亲自写五言长诗，歌颂焦裕禄同志的革命精神。董必武的诗写道：

兰考存三害，多年患未除，
勇哉焦裕禄，受命困难摅。
首抓领导班，思想同一趋，
思想革命化，万难排无余。
为了摸情况，县委走各区，
访贫兼问苦，同吃亦同居。
亲历邑四境，形势指掌如，
灾重可救止，领导决心须。
群众性积极，奋发愿驰驱，
农村潜力大，往日久忽诸。
君今一提倡，前进辟坦途，
水知来去迹，疏浚理河渠。
风口在何处？膏药贴沙墟，
台田暨沟洫，碱洗即成腴。
结合干群力，建设绘蓝图，
蓝图非臆造，施行利建初。
自力以更生，粮食云足粗。
惜君撄痼疾，功莫赌全敷。
长抱肝癌痛，劳累损其躯，
不避风雨恶，不作饥寒呼。
关注人民事，忘身直若无。
阶级观点强，斗争岂容诬？
死犹念沙丘，坦骨欲与俱。

学毛有独到，自与常情殊。

吾党悼焦君，模范孰能逾？

1966 年 3 月 15 日，郭沫若副委员长写《水调歌头·赞焦裕禄》，其中写道：

红日照天下，涌现振奇人。尽管病魔缠绕，奋起棒千钧。甘愿粉身碎骨，敢下五洋捉鳖，倒海索奇珍。兰考焦裕禄，耿耿铁精神。

盐碱净，内涝治，风沙驯。弦歌声起，杨柳东风万户春。借问津梁何处？万事认真实践，全意为人民。群众中来去，天地共翻身。

1966 年 9 月 15 日，毛泽东在天安门城楼上亲切接见焦裕禄的二女儿焦守云，并合影留念。

同年 10 月 1 日，毛泽东又接见了焦裕禄的大儿子焦国庆。

周恩来也接见了焦裕禄的大女儿焦守凤。

这更将学习焦裕禄的运动推向了更高潮。

一时间，全国各地的作家、音乐家、画家、摄影家、戏曲家云集兰考，最高峰时达 300 多人。

当时兰考县委采取了全民搞接待的办法，要求各县直机关都得腾出房、抽出人。开封地委还专门派出干部和车辆来兰考协助接待工作，兰考县委专门组成了学习焦裕禄接待站。

焦裕禄的事迹很快传遍大江南北、长城内外，中华大地掀起了向焦裕禄同志学习的热潮。为推动淄博市学习焦裕禄活动的开展，中共淄博市委决定：在焦裕禄的故乡，即博山区崮山镇北崮山村修建"焦裕禄事迹展览馆"。1967年1月正式开馆。

焦裕禄去世后的这一年，兰考县的全体党员，全体人民，用汗水灌溉了兰考大地。在3年前焦裕禄倡导制订的改造兰考大自然的蓝图，经过3年艰苦努力，已经变成了现实。

兰考，这个豫东历史上缺粮的县份，1965年粮食初步自给了。全县2574个生产队，除300来个队是棉花、油料产区外，其余的都陆续自给，许多队有了自己的储备粮。

1965年，兰考县连续旱了68天，从1964年冬天到1965年春天，刮了72次大风，却没有发生风沙打死庄稼的灾害，19万亩沙区的千百条林带锁住了风沙。这一年秋天，连续下了384毫米暴雨，全县也没有一个大队受灾。

兰考地区有首民谣流传，是盛赞好书记焦裕禄的。民谣唱道：

> 故道黄河东流去，
> 留下一片黄沙地。

党为了咱除"三害"，
派来了焦裕禄好书记。
…………

大雁展翅往北飞，
捎信带给毛主席。
盐碱地长出了好庄稼。
…………

"焦裕禄你活在俺心里"，这是兰考人民的心声。多少年来，焦裕禄真的活在了人们的心里。

二、 榜样故事

● 焦裕禄在报告中写道：我们有革命的胆略，坚决领导全县人民，苦战三五年，改变兰考的面貌。不达目的，我们死不瞑目。

● 双目失明的老大娘感动得不知说什么才好，用颤抖的双手上上下下摸着焦裕禄。

● 焦裕禄问清楚孩子的病情以后，亲切地说："大嫂，你不要难过。我们一定会设法救活你的孩子。"

焦裕禄全面了解兰考灾情

1962 年 12 月，焦裕禄接到组织上的命令，担任兰考县委书记。这一年，焦裕禄 40 岁。

地委组织部的同志在和焦裕禄谈话时，很坦率地告诉焦裕禄："兰考是个最困难的县，你在思想上要有充分准备。"

组织上要焦裕禄回去安置好家再去兰考报到，而焦裕禄却说："兰考正在严重困难的时候，那里的群众正盼望党组织派来的人组织他们向困难作斗争。"

兰考，位于豫东沙区，是黄河故道上的老灾县。全县土地，不是沙荒，就是碱地和洼坡，好地很少。历史上遗留下来的风沙、内涝、盐碱等自然灾害，新中国成立后虽然得到一些改造，但还没有得到根治。特别是连续三年的严重自然灾害，更给兰考人民的生产、生活带来极大的困难。

1962 年，春天的风沙打毁 20 万亩麦子，秋天又淹坏 30 多万亩庄稼，还有 10 万亩禾苗被碱死，全县的粮食生产下降到历史上的最低水平。

正是在这灾情最重、困难最大的时候，党把兰考的重担交给了焦裕禄。

开往兰考的火车在飞速前进。

随着列车向东疾驰，车窗外那绿油油的麦田，一片片崭新的房舍和那密密麻麻的枣树林，被远远地抛在后面，迎面而来的却是另一番截然不同的景象：遍地除了沙丘、洼坡以外，就是白花花的盐碱地。

焦裕禄的眉头不禁皱了起来。

焦裕禄走下火车，走出火车站。

他凝视着面前的兰考大地，眉头越皱越紧。出现在他面前的是一幅严重的受灾场景：横贯全境的两条黄河故道，是一眼看不到边的黄沙；片片内涝的洼窝里，结着青色的冰凌；白茫茫的盐碱地上，几蓬枯草在寒风中抖动……

焦裕禄的长女焦守凤后来在谈到兰考当时的情景时说：

> 一下车全都是白茫茫的，就是那盐碱，没有长树；这里确实是自然环境很差的，都是盐碱地，又连续几年下大雨，淹的淹了，都不长庄稼……

焦裕禄来到兰考的第一天，就遇上了一场名不虚传的大风沙，刮得天地一片昏黄。

此时，正是豫东兰考县遭受内涝、风沙、盐碱三害最严重的时刻。

焦裕禄并没有被困难吓倒。他相信就是有天大的困难，也能闯出一条路来。

多年来，焦裕禄一直是哪里需要，就到哪里去，哪儿有硬仗，哪儿就有他的身影。

焦裕禄的爱人徐俊雅在一篇回忆焦裕禄的文章中深情地写道：

我同焦裕禄同志生活在一起已有 10 多年，他好像永远不知道啥叫"难"……

晚上，焦裕禄参加县委会议以后，回到办公室。他双眉紧皱，陷入了沉思。

室外，大风依旧在凶猛地呼啸着，沙土从窗户缝钻进来，把桌子满满地盖了一层。

焦裕禄擦去桌上的沙土，想到这场风沙给兰考县农业生产带来的危害，心情沉重地在室内踱起步来。

这时候，外面响起敲门声。

焦裕禄打开门，只见办公室的一位同志拿着一叠文件走进来，一股夹着风沙的狂风也趁机钻进屋来。

这个同志不好意思地对焦裕禄笑了一下，汇报说："焦书记，这是下面要粮要款的报告……"

焦裕禄接过文件问："这些都是请示要粮要款的吗？"

"是的。秋收不久，缺粮的就这么多，我看这里面有问题……"

这个同志说到这里，焦裕禄笑了笑，说："有问题及时反映，这样做很好。不过要澄清情况。你告诉办公室主任，明天咱就组织一些同志下去，摸一摸情况。"

第二天，这个新来的县委书记就下乡去了。

焦裕禄来到灾情最重的城关公社老韩陵大队，进行深入细致的调查研究。

这个大队连续七季受灾，生产、生活都很困难。

焦裕禄来到村民的草屋里，到饲养棚里，到田边地头，认真了解情况，仔细观察灾情。

村民们看到焦裕禄这样认真负责，都深受感动，他们都愿意把自己的心里话告诉这位新来的县委书记。

有位老农说："老焦，眼下咱这个队是有很多困难啊！这里连年遭灾，桐树破坏了，花生绝了种，牲口也少了。老韩陵要想翻身，还得首先稳住大家的心。"

焦裕禄听后很受启发，他把这句话牢牢地记在心里。

有农民说："这里有句俗话：'要想富，栽桐树；挖穷根，种花生。'我们一边种粮食，一边栽桐树，种花生，老韩陵的面貌完全可以改变。"

焦裕禄听到这些话，十分兴奋，高兴地说："你们说得对啊！我看只要这样做，改变兰考的落后面貌是完全可能的。"

城关公社的黄楼生产队也是一个老灾队，有些农民觉得住在这个穷地方没有指望，想弃家外出，到外地去逃荒。

焦裕禄在走访这个生产队时，特意召集村民们开会，他和村民们热情地交谈，鼓励村民们通过自己的辛勤劳动改变兰考的落后面貌。

听了焦裕禄的话，村民们的精神都为之一振。

有个农民激动地对焦裕禄说："别看咱这地方不是土岗就是洼坑，不是沙窝就是盐碱，只要人心齐，下劲干，一样能变成好地方。"

焦裕禄说："你说得很对！我也是这样想的。你们看，要是治好盐碱和沙荒，再搞些水利，这不就变过来了吗？"

说到这里，焦裕禄笑了笑，他亲切地环视一下周围的村民，才接着说："我说得容易，做起来自然不会那么简单。可是，只要干，终究是可以干好的。"

焦裕禄不但从思想上启发和激励黄楼生产队的干部和群众，还和他们一起研究许多战胜灾荒的办法。群众都深受鼓舞，都兴奋地说："老焦是个吃苦耐劳的好干部，跟着老焦干，有奔头！"

就这样，焦裕禄从这个大队到那个大队，他一路走，一路和同行的干部谈论。

见到沙丘，焦裕禄说："栽上树，岂不是成了一片好绿林！"

见到涝洼窝，焦裕禄说："这里可以栽苇、养鱼。"

见到碱地，焦裕禄说："治住它，把一片白变成一片青！"

焦裕禄来到城关公社时，这里正在召开公社干部会。

焦裕禄刚坐下，几个干部就说："老焦，俺们这里是个老灾区，今年先旱后淹，粮食和经济作物都减产了，国家要不给救济，咱们就只好看着社员去逃荒了。"

焦裕禄看了他们一眼，说："除了国家救济，就没有别的路可以走了吗？"

焦裕禄说完这句话，用充满期待的目光注视着全体干部。

面对焦裕禄充满期待的目光，公社的干部们都低下头去，一言不发。

焦裕禄语重心长地说："我们不能光依赖国家，国家正在进行社会主义建设。我们不能在困难面前精神不振，束手无策，应该在困难中看到有利条件。我们在困难中要看到光明，要有勇气。我们要变不利条件为有利条件，树立自力更生的思想，教育群众，发动群众，带领群众闯出一条生产自救、改变灾区面貌的道路来。"

一连几天，焦裕禄顶着狂风飞沙，冒着风雪严寒，把灾情最重的公社都走访了一遍。

在黄沙滚滚的黄河故道，在一脚一个坑窝的大沙丘，在农民们破旧的房屋里，在生产队的牲口棚里，在田头地边，都留下了焦裕禄的足迹。

焦裕禄回到县委，对大家说："兰考是个大有作为的地方，问题是要干，要革命。兰考是灾区，穷，困难多，但灾区有个好处，它能锻炼人的革命意志，培养人的革命品格。革命者要在困难面前逞英雄。"

焦裕禄的话，让大家的精神为之一振。许多人都高兴地说："新来的县委书记看问题高人一着棋，他能从困难中看到希望，能从不利条件中看到有利因素。"

不久，焦裕禄把妻子和 6 个孩子也接了过来。

焦裕禄制订改造兰考蓝图

很快，焦裕禄了解到，连年受灾使兰考整个县上的工作几乎被发统销粮、贷款、救济棉衣和烧煤所淹没了。有人说县委机关实际上变成了一个供给部。

焦裕禄还了解到，很多群众等待救济，一部分干部被灾害压住了头，对改变兰考面貌缺少信心，少数人甚至不愿意留在灾区工作。

有的干部说："兰考是老灾区，底子薄，光靠自己，解决不了问题。"

也有的说："改变灾区面貌，咱们心有余而力不足，只好等着国家支援啦！"

少数干部害怕困难，不愿意留在灾区，他们说："在灾区干不出成绩，会耽误前程！"

这些干部害怕困难，更害怕犯错误……

夜深了，焦裕禄躺在床上，翻来覆去睡不着。

焦裕禄想起他来兰考前夕，地委书记给他说的一段话："到兰考以后，首先要把县委的领导班子办好。县委是领导全县人民的战斗司令部，县委的团结和他们的精神状态，是能否做好全县工作的关键，会直接影响到全县工作的好坏。你要特别注意这一点。同时，要注意加强村干部和群众的政治思想工作。特别是县委，要成为全县干部和群众的表率……"

焦裕禄经过认真思考，认识到群众在灾难中两眼望着县委，县委挺不起腰杆，群众就不能充分发动起来。要想改变兰考的面貌，必须首先改变县委的这种精神状态。

在一个北风怒吼、风雪交加的夜晚，兰考县委的委员们，先后来到县委会议室。大家正等着焦裕禄宣布会议议程，焦裕禄却环视一下大家，说："同志们，请大家跟我出去一趟，到车站去看看。"

焦裕禄领着大家向火车站方向走去。

此时已是夜深人静，兰考车站几乎被漫天大雪淹没。

车站的屋檐下，一些灾民，穿着国家发给的棉衣，正在候车室的炉边烤火。他们正在等着国家运送灾民前往丰收地区去的专车。

焦裕禄看着这些灾民，脸色变得越来越沉重。

焦裕禄领着委员们走进候车室，走到灾民眼前，问他们是从哪儿来的，准备上哪儿去，然后沉重地对县委委员们说："同志们，这些人都是兰考县的老百姓，是灾荒逼迫他们到外面去的，这不能怪他们，责任在我们身上。党把这个县的 36 万群众交给我们，我们没能领导他们战胜灾荒，应该感到羞耻和痛心……"

焦裕禄讲到这里，难受得再也讲不下去了，县委委员们也都低下了头。

这时大家才理解，为什么焦裕禄深更半夜，领着大家来看风雪严寒中的车站。

回到县委，已是半夜，会议这时才正式开始。

县委委员们都激动地发言，讲述他们对于改变兰考落后面貌的各种想法。

焦裕禄静静地听着，有时还做一下记录。

最后，焦裕禄说："我们平常口口声声说要为人民服务，实际上，我们以往在为人民服务这个问题上，做得很不够。我希望大家牢记今晚的情景，全力以赴地去领导群众改变兰考的面貌。"

县委会整整开了一夜，天明时候，会议才结束。县委委员们怀着激动的心情离开会场。

这次会议，使兰考县委委员们在思想上受到极大的触动，他们都立志要改变兰考落后的面貌。

在焦裕禄的不懈努力下，县委领导核心在严重的自然灾害面前站起来了。从上到下都坚定地树立起自力更生消灭"三害"的决心。

随后，焦裕禄又专门召开一次常委会，组织大家回忆兰考的革命斗争史。

在革命的战争年代里，兰考县的干部和人民，前仆后继地同敌人进行过英勇的斗争。许多革命烈士为解放兰考甘洒一腔热血，最后壮烈牺牲。

焦裕禄引导大家重温烈士的革命事迹，重新学习烈士们不畏任何艰难险阻的革命精神，引导大家牢记光荣的革命传统，不要忘记过去。

焦裕禄语重心长地对同志们说："兰考这块地方，是烈士们用鲜血换来的。先烈们并没有因为兰考人穷灾大，就把它让给敌人，难道我们就不能在这里领导群众战胜自然灾害？"

最后，焦裕禄又十分真诚地说："为人民服务是具体的，不是抽象的，现在正是我们为人民大有作为的时候。我们不能对不起党，对不起烈士，辜负人民对我们的期望。"

接着，焦裕禄又召开全县干部大会。在这次大会上，焦裕禄仔细分析兰考当前的形势，热情地鼓励村民们振作精神，迎着困难上，为改变兰考的面貌而努力拼搏。

会议结束以后，焦裕禄带头到全县最困难的城关公社蹲点去了。

焦裕禄临走前勉励大家说："路是人开出来的，如果我们在最困难的地方，杀出一条路来，那是多么可贵啊！"

在焦裕禄的影响下，县委的其他领导同志和各公社党委的领导同志深受感染。

"到最困难的地方去""到最艰苦的地方去""到灾情最重的生产队去"成为全县干部的行动口号。

兰考县的干部们纷纷到风沙、内涝、盐碱最重的生产队，与那里的农民商议如何战胜灾荒、改变面貌的大计。

县委机关的干部李盛灵，身患胃病，但他多次诚恳地请求组织上批准他到全县最艰苦、最困难、灾情最严重的刘林大队去。他还对领导说："三五年内如果改变不了那里的面貌，就葬身于碱窝！"

在县委的带动下，各公社党委的同志和各村的干部，也纷纷向县委表示改变灾区面貌的雄心壮志。

兰考县的广大群众也深受感染，纷纷给县委、公社党委写信，在信中畅谈自己对兰考发展的各种看法，积极为战胜灾荒出谋献策。有些农民甚至不顾路途遥远，亲自找到县委、公社党委的负责同志，向他们提出改变兰考面貌的宝贵建议。

焦裕禄看到兰考的干部和群众都被充分发动起来了，感到十分欣慰，他对于建设好兰考也更有信心了。

不久，焦裕禄带领兰考人民制订出一个改造兰考大自然的蓝图。在这个蓝图里，兰考人民决定在三五年内，取得治沙、治水、治碱的基本胜利，改变兰考一穷二白的面貌。

这个蓝图经过县委讨论通过后，报告中共开封地委。焦裕禄在报告上，又着重加上几句：

我们对兰考的一草一木都有深厚的感情。面对着当前严重的自然灾害，我们有革命的胆略，坚决领导全县人民，苦战三五年，改变兰考的面貌。不达目的，我们死不瞑目。

焦裕禄领导群众抗水灾

在焦裕禄的带领下，兰考人民经过一冬一春的辛勤劳动，终于看到丰收在望的美好景象。田野里，金黄的小麦在阳光下闪耀着动人的光泽。早秋作物都生机勃勃，惹人喜爱。

兰考人民怀着激动的心情，期盼着早日收获自己的劳动成果。

有人高兴地说："真是人变地也变，今年一定要大丰收了！"

有人笑着说："今年夏季站住脚，秋季再加把劲，秋后就能摘掉灾区帽。"

正当人们准备开镰收割的时候，一场暴雨突然来临，无情地摧毁了已经成熟的麦子等农作物，也浇凉了兰考人刚刚热起来的心。

雷声阵阵，大雨倾盆。焦裕禄躺在床上，听着窗外无情的雷声和雨声，心情十分沉重，他几乎通宵未眠。

天还没亮，焦裕禄就迫不及待地找到县委办公室主任，两人一起到城关镇的各个大街小巷去查看村民们的住房，到城关镇周围去了解积水的情况。

雨，还在不停地下着。

此时，洼地里原本充满生机的秋苗不见了，快成熟的小麦也乱糟糟地浸泡在浑水里；高处的洪水，像凶猛可怕的巨兽一样，还在无情地吞噬着低洼的麦田……

县委办公室像战地指挥所一样紧张，电话铃声响个不停，令人深感不安的消息，源源不断地从四面八方传来。

"县委！县委吗？我们这里积水很多，共有……"

"县委吗？我们这里有很多房屋都倒塌了，共有……"

"县委……"有个公社的电话刚开了个头就打不通了。

形势异常严峻，办公室里的气氛异常紧张。

在这紧张的时刻，焦裕禄并没有惊慌失措，他依旧冷静沉着地指挥着各地的行动。同志们也都以信任的目光注视着这位坚强、沉着的县委书记。

"下去！所有能下去的同志立即出发！"焦裕禄果断地命令。

焦裕禄环视一下在场的人，又大声说："在家的同志，及时和下边联系，尽快通知在下边的县委委员、公社党委书记、社长以及派驻大队的工作组，要他们尽一切可能，发动群众，抓紧排水，抢救庄稼。马上告诉水利局的干部，利用时机，下去查水情，探水路。"

有些同志关切地说："老焦，最近你肝又疼了，你留在家里，我们下去吧。"

焦裕禄似乎完全没有注意到同志们的关怀，他继续大声地说："告诉下边，在排水救苗的同时，要抓紧安排好社员的生活，特别是要稳定干部、群众的思想情绪。经过一冬一春的教育，干部、群众的思想状况焕然一新，绝不能让这场雨再把人们的心浇凉了。"

同志们担心焦裕禄的身体，再次劝说他不要冒雨下去。

焦裕禄环视一下周围的同志，十分激动地说："目前，暴雨成灾，全县人民都在看着县委，在这种关键时刻，人人都应该把全县的大事放在头一位。个人的一点病算得了什么！走，出发！"

焦裕禄脱去鞋袜，卷起裤腿，撑开雨伞，带着几个同志，匆匆走出大门，很快就消失在茫茫的雨雾中。

县委其他领导同志，县直机关的许多干部，都遵照焦裕禄的命令，匆匆走出办公室，在风雨中奔赴那些灾情严重的村庄。

这天，虽然大雨持续不断，道路泥泞难行，但路上的行人反倒比平常多了起来。

瓢泼大雨，淋得焦裕禄浑身上下没有一块干地方。

焦裕禄湿衣贴身，全身冰凉，肝部也疼得十分厉害，但他却全不在意，仍然在艰难地前进着。

他们越过陇海路，涉渡杜庄村，每经过一个村庄，焦裕禄都要进村看看当地村民的住房，观察一下群众的思想情绪，还找几个老农交谈，向他们请教当地历年洪水的排泄情况。

最后，他们来到王孙庄，参加了城关公社党委召开的防汛"战地"会议。

会议的气氛有些低沉。焦裕禄观察了一下人们的神情，正想说话，城关公社党委书记闷闷不乐地说："老焦，这场雨一下，群众的心又凉啦！秋苗淹死啦，麦子也泡到水里啦！"

有的群众说："原来还一股劲指望今年摘掉灾区帽，这一来，不说摘掉帽子，又给拴上一条帽带，戴得更紧啦！"

焦裕禄静静地听着，心里默默地想着：局面刚刚好转，又来这场大雨，干部、群众的情绪又受到影响。当前最最重要的，是要解决好各级领导和干部的思想问题。可怕的不是灾害威胁，可怕的是领导和干部在灾害面前萎靡不振。

焦裕禄环视一下在场的人，大声说："这场雨，的确给我们带来不小的困难，但我们共产党人是不怕困难的。去年你们公社先旱后淹，灾荒很大，后来由于你们不屈服，不低头，依靠群众，终于初步扭转局面。去年能做到事情，为啥今年做不到？"

听到焦裕禄提起去年战胜灾荒的事情，城关公社干部的心中都乐滋滋的。

去年，正是在城关公社干部面对灾荒一筹莫展的时刻，焦裕禄赶来了。焦裕禄领导他们进行生产救灾，极大地鼓舞了他们抗灾的信心。

此时，城关公社的干部们都怀着感激的心情，凝视着焦裕禄。

焦裕禄激动地说："咱们都是群众的带路人。在一个县，县委是全县群众的领导核心；在一个公社，公社党委就是全公社群众的领导核心。现在，群众都在看着咱们。越是在困难的关头，领导干部越是应该挺身而出，站到困难的最前面，用咱们的勇气和信心，去鼓舞群众的斗志！"

焦裕禄的话，像一把火，烧得人们心里热烘烘的。会场上的气氛变得活跃了，人们的脸上出现了笑容。精神一振作，办法也出来了，你一言我一语地提出了许多措施：

"抓紧排水救苗，晾地抢种。"

"管理好秋季作物，争取多收——夏季丢了秋季捞。"

"搞好多种经营和副业生产，增加收入——农业丢了副业捞。"

焦裕禄听着听着，脸上露出喜悦的笑容，他兴奋地补充说："城关土地高低不平，北边地高、地好，南边地洼、沙多。好地、高地加强管理，争取多收；沙地、洼地有枣林，搞好副业生产，就捞回来啦！城关公社是好地方，淹了有高岗。旱了有洼坑，不淹不旱更会取得大丰收。"

听了焦裕禄的话，在场的人都深受鼓舞，精神为之一振。

有人说："老焦这一说，城关公社既有摇钱树，又有聚宝盆了！"

焦裕禄点了点头，认真地说："麦季丢了秋季捞，农业丢了副业捞，洼地丢了岗地捞，地上丢了树上捞。只要我们鼓足干劲，事事依靠群众，我相信，'灾帽'一定能摘掉。"

在从王孙庄回县的路途上，焦裕禄头顶大雨，认真地思考着，一个"四丢四捞"的抗灾方案在他的脑子里形成了。

回到县委后，焦裕禄忘记了饥饿与疲劳，随即召开电话会议，征求在下边的县委委员们对"四丢四捞"抗灾方案的意见。

这个方案一提出，立即得到大家的支持，变成了县委的指示，迅速地贯彻到全县各个角落。

电话会结束，挂钟的时针已指向午夜2时。这时候，焦裕禄才感到肚子饿得厉害，肝也疼得厉害。

在县委"四丢四捞"的战斗口号下，群众性的抗灾运动，蓬蓬勃勃地开展起来。

转眼到了8月，秋粮眼看就要到手。全县群众正在加紧进行田间后期管理，争取超产多收，千方百计地想向国家上缴点粮食。

就在这时候，又来了一场七天七夜的暴雨。除了部分高地，全县成了一片汪洋。

灾害，接连不断的灾害，向着兰考36万人民袭来，向着兰考县委袭来，向着焦裕禄袭来！

面对着这场难以克服的灾难，焦裕禄并没有丧失信心，面对铺天盖地的暴雨，坚定地说："大雨，你下吧，你下得再大，我们也不害怕！"

焦裕禄决定立即召开县委会议，讨论"大雨以后怎么办"这个问题。

会议开始了，县委委员们不约而同地聚集到焦裕禄的身边，用亲切的话语安慰他，用热情的目光鼓励他。

大家严肃地分析灾情，多方查找有利条件。经过热烈讨论，作出生产救灾的决定。

最后，焦裕禄说："立即号召广大党员、干部，要吃苦在前，冲锋在前，刀山火海也要过，再大的困难也要战胜它！现在马上就分头下去，深入公社、大队、生产队，贯彻县委抗灾决议，迅速把群众发动起来，形成一个声势更大、规模更大的群众性抗灾运动！"

会议刚一结束，焦裕禄就出发到受灾情况十分严重的赵垛楼大队去了。

焦裕禄查找兰考三害根源

焦裕禄刚从乡下回到机关，县委常委们就先后来到他的住处。大家热烈地交换着各自下去蹲点的情况，商量着第二天县委扩大会议的中心议题。

有人把自己起草的改变兰考面貌的方案递给焦裕禄，让他提些意见。

焦裕禄高兴地接过来，立刻开始阅读。

读着读着，焦裕禄开始兴奋起来。方案上的一行字引起了他的兴趣：天天走，天天看，一下看了十多年，看准了兰考县的灾根是风沙、内涝和盐碱。

焦裕禄经过思考，决定明天的会议就讨论这个问题。

第二天，县委扩大会议开始了。

焦裕禄在会上表达了自己的决心：要把兰考县1800平方公里土地上的自然情况摸透，亲自去掂一掂兰考的"三害"究竟有多大分量。

会议根据焦裕禄的建议，决定成立除"三害"办公室，集中力量研究治理兰考的风沙、内涝和盐碱。

在焦裕禄的提议下，县委先后抽调120个干部、老农和技术员，组成一支三结合的"三害"调查队，在全县展开大规模的追洪水、查风口、控流沙的调查研究工作。

会议结束前，焦裕禄再次提醒大家说："要彻底查清情况，光靠专业调查组不行，还必须和广大群众结合起来。"

会议结束以后，新组成的"三害"调查队来到各个公社，开始艰苦的调查工作。

焦裕禄和县委其他领导干部一起，亲自参加这次调查。

这时候，焦裕禄正患着慢性的肝病，同志们都担心他在大风大雨中奔波，会加剧病情，劝他不要参加，但他毫不犹豫地拒绝了同志们的劝告。

焦裕禄十分风趣地说："吃别人嚼过的馍没味道。我可不愿意坐在办公室里依靠别人的汇报来进行工作。"说完这句话，焦裕禄就背着干粮，拿着雨伞，和大家一起出发了。

焦裕禄在调查期间，以身作则，事事起到带头作用。

焦裕禄顶着狂风，踩着沙窝，奔走在起伏不平的沙荒地带；焦裕禄冒着大雨，赶着水流，奋战在各个洼坡和每条河边……

风沙最大的时候，焦裕禄带头下去查风口、探流沙；雨最大的时候，焦裕禄带头下去冒雨涉水，观看洪水流势和变化。

河道旁、洼坡里、沙岗上，都留下了焦裕禄的足迹。

狂风怒吼，黄沙滚滚，在扑面而来的风沙中，有一个人正弯着腰，逆风而行，艰难地向着沙丘挺进。

这个人，就是带病参加调查工作的焦裕禄。

一次，焦裕禄带着城关公社社长卓兴隆，在风沙中走了三四公里，来到城关公社的胡集南地。

这时候，焦裕禄掏出手巾，凑到老卓跟前，大声地说："快擦一擦吧，看你成了大花脸了！"

老卓用毛巾抹去脸上的泥沙。

焦裕禄弯下腰一看，大吃一惊，对着老卓的耳朵说："你看这一片庄稼，连根都刮起来了！这一带的风好厉害呀！"

老卓叹了一口气，说："这里是个风口，北边是黄河故道，所以刮起风来，什么阻挡都没有，多少年都是这样。"

这时候，突然席地卷起一阵急骤的旋风。老卓向前一扑，想要护住焦裕禄，不料他向前扑得过猛，没站住脚，身子向右边倒下去。焦裕禄一把拉住他，在风中大声地说："要站稳脚跟，顶住大风大浪啊！"

老卓笑着说："跟着你，摔不了跟头。老焦，大风正在考验咱，咱们应该怎么办？"

焦裕禄对这个问题似乎胸有成竹，他斩钉截铁地说："锁住它！用防风林锁住它！今年就在这里插柳栽树，营造防风林带。一道不行两道，两道不行三道。总之，一定要堵住这个风口。还可以挖挡风沟，筑防风墙……办法多得很。"

老卓看着焦裕禄，眼中充满敬意，敬佩地说："老焦，别看你来兰考不久，你对付风沙的办法，还不少哩！"

焦裕禄淡淡一笑，谦虚地说："这哪是我的办法呀，这都是群众告诉我的。"

焦裕禄停顿一下，凝视着远方，充满深情地说："老卓，要好好记住，当你感到工作没办法的时候，你就到群众中去，只要问问群众，你就有办法了。"

就这样，焦裕禄不顾自己的病痛，在调查工作中忘我地工作着。

为了弄清一个大风口或者一条主干河道的来龙去脉，焦裕禄经常不辞劳苦地跟着调查队，追寻风沙和洪水的去向。他们从黄河故道开始追寻，然后越过县界、省界，跋涉千里，一直追到沙落尘埃，水入河道……

1963 年，秋汛提前来到兰考。大雨自天而降，狂泻不止。洼地开始积水，河道四处漫溢。

大雨下了七天七夜，全县变成了一片汪洋。

刚从下面公社赶回到县里的焦裕禄，还没来得及喘口气，就又投入紧张的战斗中。

焦裕禄在电话中和其他几个常委商量说："我建议县委领导同志立刻分头下去，一面领导群众排水抗洪，一面抓紧时机，冒雨观察，查清水路。公社、大队的领导干部，也一定要亲自到现场去，认真地查看，详细地记录，就地绘图。要一段一段地看，一片一片地查，弄清哪里走水，哪里阻水，哪里需要挖河、开沟、架桥、扒口。"

一个书记在电话里关切地对焦裕禄说："你的身体不好，我们分头下去，你在家里指挥。"

焦裕禄十分坚定地说："不！我的病不要紧。在这大水成灾的紧要关头，全县人民都在看着我们。只要我们和他们在一起，他们就有战胜洪水的勇气。再说，趁着这个大好时机，我们都到第一线去，就可以看清水头流向，拿到第一手资料。"

焦裕禄说完这些话，就带着办公室的 3 个同志查看洪水去了。

他们靠着各人手里的一根棍，探着，走着。

这时，焦裕禄突然感到肝部异常疼痛，他不愿停止工作，只是不时弯下身子用左手按着肝区。

3 个青年看到焦裕禄病得这么厉害，就恳求他："焦书记，你回去休息吧。把任务交给我们，我们保证按照你的要求完成任务。"

焦裕禄没有同意，他嗔怪道："你们总好唠叨我的病。要想改变兰考面貌，咱就不能歇着。走！向前走吧！"

雨，下得更大了。前面的一条小河哗啦啦地叫着。他们走到河边一看，路早已找不到了。

焦裕禄首先下河。

在白茫茫的雨雾中，一个浑身湿透的人，在探险队伍的最前面，艰难地前进着。他手里拿着一根高粱秆，正在试探水的深浅……

这个人就是焦裕禄。

焦裕禄担心着同志们的安全，就走在最前头，为大家查看前进的道路。

焦裕禄继续一路走，一路工作着。

焦裕禄站在洪水激流中，忍着病痛，画了一张又一张水的流向图。

他们走过被水包围的一个又一个村庄，又走过遍地积水的无数沟渠河道。

每过一村，焦裕禄都要找来当地的干部和老农，仔细地听取他们对根除涝灾的意见。

夜幕降临的时候，焦裕禄带领着 3 个年轻人赶到金营大队。

金营大队的支部书记李广志刚从地里查水回来，他看见焦裕禄等人，感到十分吃惊，忍不住问焦裕禄："一片汪洋大水，您是咋来的？"

焦裕禄抡着手里的棍子，幽默地说："就坐这条船来的。"

李广志连忙抱来一堆柴火，让大家烤烤衣服。

焦裕禄却说："现在哪有时间烤火！来，我们还是研究怎么治水吧！"

焦裕禄说着，掏出随身携带的笔记本，指着自己画的草图，一边指点着，一边仔细地告诉李广志，根据这里的地形和水的流势，应该从哪里到哪里开一条河，再从哪里到哪里挖一条支沟……这样，就可以把这几个大队的积水，统统排出去了。

焦裕禄还嘱咐李广志和几个村干部说："要挖这几条河道，还牵涉到其他大队。动工以前，你们要主动和他们协商好，做到团结治水，大家满意。你们支部抓紧研究一下，看这样行不行。如果觉得可以办，而且能够办到，那就快办、大办！有啥困难可以给公社说一下，他们会具体帮助你们的。"

李广志没有想到，焦裕禄对待工作竟然如此认真负责，深入细致！

到吃饭的时候，李广志要给焦裕禄派饭，焦裕禄却说："雨天，群众缺烧的，不吃啦！"话音未落，他已向风雨中走去。

几个干部、群众把焦裕禄送到村头，依依不舍地凝视着他那渐去渐远的身影……

焦裕禄领导的调查队在风里、雨里、沙窝里、激流里奋战了好几个月，跋涉 2500 余公里，终于掌握了有关兰考"三害"的第一手资料。

调查队已经查清，全县有 84 个风口，他们还认真地给这些风口编号、绘图。此外，全县的千河万流，淤塞的河渠，阻水的路基、涵闸……他们也调查得清清楚楚，并且在此基础上，绘成详细的排涝泄洪图。

经过这种大规模的调查研究，县委基本掌握了水、沙、碱发生发展的规律。全县抗灾斗争的战斗部署也有了一个更科学、更扎实的基础。大家战胜"三害"的信心更充足了。

寻找根治三害的好办法

夜深了，焦裕禄依旧无法入睡。阵阵的肝痛使他双眉紧皱，县委工作沉重的担子，更使他无法轻松地进入梦乡。

此时，焦裕禄在苦苦思考这样一个问题：抗灾斗争的发展是不平衡的，基层干部和群众的思想觉悟也有高有低，怎样才能充分调动起群众的积极性，怎样才能更快地在全县范围内开展起抗灾工作。

经过思考，焦裕禄决定发动县委领导同志再到群众中间去，集中群众的智慧寻求解决困难的办法。

焦裕禄自己更是经常住在老贫农的草庵子里，蹲在牛棚里，跟群众一起吃饭，一起劳动。

焦裕禄认真听取广大社员的意见，虚心地向群众请教。他在群众中学到不少治沙、治水、治碱的办法，总结出不少可贵的经验。

焦裕禄在农村还了解到一些令人鼓舞的先进事迹。

韩村是一个只有 27 户人家的生产队。1962 年秋天遭受了毁灭性的涝灾，每人只分了 12 两红高粱穗。

在这样严重的困难面前，生产队的社员提出，不向国家伸手，不要救济粮、救济款，自己割草卖草养活自己。他们说："摇钱树，人人有，全靠自己一双手。不能支援国家，心里就够难受了，决不能再拉国家的后腿。"

就在这年冬天，韩村农民割草 13.5 万公斤，养活了全体社员，养活了 8 头牲口，还修理了农具，还买了 7 辆架子车。

秦寨大队的社员，在盐碱地上刮掉一层皮，从下面深翻出好土，盖在上面。他们大干深翻地的时候，态度坚定地说："不能干一天就干半天，不能翻一锨就翻半锨，用蚕吃桑叶的办法，一口口啃，也要把这碱地啃翻个个儿。"

赵垛楼的社员在夏季基本绝收以后，冒着倾盆大雨，挖河渠，挖排水沟，同暴雨内涝搏斗。1963 年秋天，这里一连 9 天暴雨，他们却夺得了好收成，卖了 4 万公斤余粮。

焦裕禄在县委会议上，多次讲述这些先进典型的重大意义。他说："榜样的力量是无穷的，我们应该把群众中这些可贵的东西，集中起来，再坚持下去，号召全县社队向他们学习。"

经过调查研究，焦裕禄总结了近几个县很多治理风沙的经验，他决定在兰考境内，大量地栽植泡桐，用来防治风沙。

1963 年 3 月，在一次县委会上，大家在研究造林问题时发生了争论。

有人说："把树种到沙丘上、风口上，这样可以防风固沙。"

有人说："把树种到大路旁，这样可以绿化环境。"

焦裕禄说："两种意见都有道理，都应当实现，但有个步骤问题。我的意见是先顾吃饭，后顾好看。"

大家觉得焦裕禄作出的这个总结全面周到，主次分明，都愉快地接受了焦裕禄的意见。

于是，兰考县人民开始大面积种植泡桐。

焦裕禄亲自参加种植泡桐的劳动，满怀深情地亲手栽下一棵泡桐。

一天，焦裕禄到城关公社胡集大队朱庄检查工作，看到他春天栽的那棵桐树长得很旺盛，感到十分高兴。

同志们都要求焦裕禄在这棵树下留个影。

焦裕禄摇了摇头。

县委宣传部新闻干事刘俊生劝说焦裕禄："群众和你在一起合了影，一定很高兴，这对群众的鼓舞不就更大吗？"

焦裕禄大笑起来，说："好吧，叫你照！就在泡桐树旁拍一张吧！"

刘俊生这才给焦裕禄拍下一张十分珍贵的"生活照"。

焦裕禄平时很少照相。很多次，刘俊生想拍下焦裕禄与群众一起忘我工作的镜头，都被焦裕禄制止了，焦裕禄要求刘俊生只拍摄广大群众的镜头。他在兰考留下的3张照片，两张都是趁他不防时偷拍的。

除了种树以外，焦裕禄还积极提倡在兰考地区栽种花生。

3月13日，兰考县委从河南桐柏县调了一批花生种子运到兰考。焦裕禄提议分配时先保证适合种花生的重点地区。于是，县委决定给老韩陵2500公斤花生果。

焦裕禄和城关地区领导亲自组织群众剥皮。

播种时，焦裕禄又和社员一起点播。

花生种下以后，焦裕禄又经常到花生地里除草、治虫，查看花生的生长情况。

7月的一天，焦裕禄下乡检查工作路过金营大队郭庄时，突然跳下自行车向一块高地走去，那里长着几棵棉花。

焦裕禄说："为啥别的地方不长，这里长呢？"他捏一小撮土放进嘴里品尝滋味。

随行干部惊讶地问："焦书记，你咋吃土呢？"

焦裕禄吐口唾沫，说："我的舌头是个化验器，能随时化验出土里包含的盐、碱、硝的情况。"

不久，焦裕禄组织除三害办公室、农业局、科委和各公社农机站等有关部门64人，对全县碱地面积、分布情况、地下水位进行全面丈量、调查。

在普查期间，焦裕禄经常带着行李，拿着干粮，挎着水壶，和盐碱普查队的同志一块下去。

为了弄清一块盐碱地情况，他们反复丈量，挖掘地下水，焦裕禄还经常用嘴品尝测量含盐碱成分。

焦裕禄十分风趣地说："用舌头一舔，咸的是盐，凉的是硝，又骚、又辣、又苦的是马尿碱。"

经过 10 多天的艰苦工作，焦裕禄与普查队一起掌握了第一手资料。

焦裕禄让大家把盐碱地按牛皮碱、马尿碱、瓦碱、卤碱、白不卤、其他碱六类进行分类统计，绘制出全县盐碱分布、分类图。

通过详细地调查，焦裕禄得出一个结论：内涝是形成盐碱地的根本原因。

1963 年 9 月，兰考县委在兰考冷冻厂召开全县大小队干部的会议。

会上，焦裕禄声音洪亮地号召全县人民：

发扬革命精神，在全县范围内锁住风沙，制服洪水，向"三害"展开英勇的斗争！

焦裕禄时刻关心群众的冷暖

1963 年秋季，兰考县一连下了 13 天雨，雨量达 250 毫米。大片大片的庄稼被水淹死，全县有 11 万亩秋粮绝收，22 万亩受灾。

焦裕禄和县委的同志们全力投入紧急的生产救灾中。

一个冬天的黄昏，北风越刮越紧，雪越下越大。焦裕禄听见风雪声，倚在门边望着风雪发呆。

过了一会儿，焦裕禄又走回来，对办公室的同志们严肃地说："在这大风大雪里，农民们住得咋样？牲口咋样？"

接着，焦裕禄要求县委办公室立即通知各公社做好几件工作。他说：

第一，所有农村干部必须深入到户，访贫问苦，安置无屋居住的人，发现断炊户，立即解决。

第二，所有从事农村工作的同志，必须深入牛屋检查，照顾老弱病畜，保证不许冻坏一头牲口。

第三，安排好室内副业生产。

第四，对于参加运输的人畜，凡是被风雪

隔在途中的，在哪个大队的范围，由哪个大队热情招待，保证吃得饱，住得暖。

第五，教育全党，在大雪封门的时候，到群众中去，和他们同甘共苦。

第六条，把检查执行的情况迅速报告县委。

办公室的同志记下焦裕禄的话，立即用电话向各公社发出通知。

这天，外面的大风雪刮了一夜，焦裕禄的房子里电灯也亮了一夜。

第二天，窗户纸刚刚透亮，焦裕禄就挨门把全院的同志们叫起来开会。焦裕禄说："同志们，你们看，这场雪越下越大，这会给群众带来很多困难，在这大雪拥门的时候，我们不能坐在办公室里烤火，应该到群众中间去。共产党员应该在群众最困难的时候，出现在群众的面前，在群众最需要帮助的时候，去关心群众，帮助群众。"

大家立即带着救济粮款，分头出发了。

风雪铺天盖地而来，积雪有半尺厚。

焦裕禄迎着大风雪，什么也没有披，火车头帽子的耳巴在风雪中呼扇着。

这一段时间，焦裕禄的肝痛常常发作，有时疼得厉害，他就用一支钢笔硬顶着肝部。现在他全然没想到这些，他带着几个年轻小伙子，踏着积雪，一边走，一边领头高唱《南泥湾》。

这一天，焦裕禄没烤群众一把火，没喝群众一口水。他在风雪中走访9个村子，访问几十户生活困难的农民。

在许楼，焦裕禄走进一个低矮的柴门。

这里住的是一双无儿无女的老人。老大爷有病躺在床上，老大娘是个盲人。

焦裕禄一进屋，就坐在老人的床头问寒问饥。

老大爷问："你是谁?"

焦裕禄说："我是您的儿子。"

老人一愣，又问："大雪天，你来干啥?"

焦裕禄说："毛主席叫我来看望您老人家。"

双目失明的老大娘感动得不知说什么才好，用颤抖的双手上上下下摸着焦裕禄。

老大爷眼里噙着泪，说："以前，大雪封门，地主来逼租，撵得我蹲人家的房檐，住人家的牛屋。"

焦裕禄安慰老人说："如今印把子抓在咱手里，兰考受灾受穷的面貌一定能够改过来。"

老人当时并不知道这个向他问寒问暖的人是谁，听到他说的话却很入耳。

老人好奇地打量着这个平易近人的干部，发觉他又黑又瘦，身上的衣服也很破旧，特别奇怪的是，这位干部一面说话，一面老用一只手捂着肚子，还微微地弯着腰。

老人关心地问："同志，你咋这么瘦? 你有病吧?"

焦裕禄忍住病痛，对老人露出微笑，意思是让老人放心。

焦裕禄走后不久，有人给老人家送来粮、布、钱，并且告诉老人，这是县政府从国家救济物资中拨给他的。

这时候，老人才知道来看望他的那个人，原来就是县委书记焦裕禄。

受到过焦裕禄细致关心的困难群众，还有很多很多。

1963 年 12 月 11 日，焦裕禄来到社员张传德家，看到张传德的爱人正抱着一岁的男孩，不停地流泪。焦裕禄连忙问："大嫂，孩子怎么啦？让我看看。"

焦裕禄伸出双手，就要去抱小孩。

孩子的母亲却伤心地说："别抱了，他快要断气了。"

焦裕禄吃了一惊。他看着孩子那张苍白的小脸，看着孩子的母亲伤心欲绝的样子，不禁心急如焚。

焦裕禄问清楚孩子的病情以后，亲切地说："大嫂，你不要难过，我们一定会设法救活你的孩子。"

焦裕禄说罢，匆匆赶到大队部，他给县医院院长高芳轩打电话，要他们好好给这个病危的孩子治疗。

焦裕禄放下电话以后，还是有些不放心，又给医院负责的同志写了一封信，让张传德带上到县医院去。

孩子住院期间，焦裕禄曾经 3 次打电话询问孩子的病情。

经过 25 天的精心治疗，小孩的病全好了，而且吃得又白又胖。

这个原名叫张徐州的小孩，在焦裕禄逝世后，为表示继承焦裕禄遗志，改名叫张继焦。

1963年12月13日的晚上，北风呼啸，小雨下个不停。

焦裕禄身披雨衣，提了1公斤羊肉、1公斤红糖、1.5公斤大红枣、2.5公斤黄豆，到土山寨村农民郭汪民家。他敲了敲门说："大娘，我来看您老人家啦！"

郭大爷开了门，一看是焦裕禄，感激地说："老焦，天这么晚你怎么又来了！"

焦裕禄坐在大娘床头说："大娘的病好点了吧？我今天去红庙，听医生说，羊肉、红枣、红糖、黄豆放在一起熬汤喝，可以治浮肿病，我特意给您带来点试试。"

在焦裕禄的亲切关怀下，郭大娘的身体一天天好了起来。

焦裕禄在担任兰考县委书记期间，始终把群众的冷暖挂在心上，急群众所急，想群众所想。

有一次，焦裕禄又来到老韩陵大队蹲点，他号召每一个队干部，都要为一户农民种一棵花椒树。他回到县里以后，又在百忙中，打电话给大队党支部，询问栽树的情况。

有人不以为然地说："栽一棵树能有什么作用？"

焦裕禄却说："一棵花椒树看来没有多大作用，但千百棵花椒树却系着千百户农民的心。"

在焦裕禄和县委同志们的带动下，兰考县的各级机关和广大干部，都十分关心群众生活。他们纷纷下乡，帮助群众解决困难。

粮管所的同志，把粮食加工好，挨家挨户送到农民手里。

基层供销社的同志，走村串户，送去群众需要的生活用品。

银行的工作人员，把贷款一一送到村民们手里。

医院的医护人员，到群众家里，为群众看病、送药……

做好兰考人民的父母官

焦裕禄常说："县委书记要善于当'班长'，要把县委这个'班'带好，必须使这'一班人'思想齐、动作齐。"

焦裕禄是这样想的，也是这样做的。

当时，除三害办公室缺椅子，除三害办公室主任向焦裕禄诉苦，他还说办公室里面的椅子很多都是破破烂烂的。

焦裕禄十分风趣地问他："坐在破椅子上不能革命吗？"

这位主任低下了头。

焦裕禄又语重心长地说："兰考的灾区面貌还没改变，还在大量地吃国家的统销粮，群众的生活还很困难，富丽堂皇的事情，不但不能做，就是连想也很危险！"

听了焦裕禄的话，这位同志从此再也不嫌弃办公条件简陋了。

焦裕禄不仅耐心地说服下属改正缺点，对于犯了错误的干部，他也绝不放弃，总是用真诚的态度，主动帮助他们改正错误，重新成为优秀干部。

有一位公社副书记在工作中犯了错误。当时，县委开会，多数委员主张处分这位同志。

焦裕禄经过再三考虑，提出暂时不要给他处分。

焦裕禄说："这位同志犯了错误，给他处分固然是必要的；但是，处分是为了达到治病救人的目的。当前改变兰考面貌，是一个艰巨的斗争，不如派他到最艰苦的地方去，考验他，锻炼他，给他以改正错误的机会，让他为党的事业出力，这样不是更好吗？"

县委同意焦裕禄的建议，决定派这个同志到灾害严重的赵垛楼去蹲点。

这位同志临走时，焦裕禄把他请来，严肃地批评他，又亲切地鼓励他。

焦裕禄说："你想想，当一个不坚强的战士，当一个忘了群众利益的共产党员，多危险，多可耻呵！先烈们为解放兰考这块地方，能付出鲜血、生命，难道我们就不能建设好这个地方？难道我们能在自然灾害面前当怕死鬼？当逃兵？"

这位犯错误的同志深受感动，他流着泪说："焦裕禄同志，你放心……"

这位同志到赵垛楼以后，立刻同群众一道投入治沙治水的斗争。他发现群众的生活困难，就提出要卖掉自己的自行车，帮助群众，县委不同意他的做法，说："当前最迫切的问题，是从思想上武装赵垛楼的社员群众，领导他们起来，自力更生进行顽强的抗灾斗争，一辆自行车是不能解决什么问题的。"

焦裕禄也时常来赵垛楼，他关心赵垛楼的 2000 多个农民，他也关心这个犯错误的同志。

这年冬天，在焦裕禄的领导下，赵垛楼村民用沙底下的黄胶泥封盖住为害农田多年的 24 个沙丘，还挖通河渠，治住内涝。这个一连 7 季吃统销粮的大队，一季翻身，卖余粮了。

那个犯错误的同志，思想上也发生了翻天覆地的变化。他在抗灾斗争中，冲锋在前，表现得很英勇，没有辜负党和焦裕禄对他的期望。

兰考县的干部们对于焦裕禄都怀有深厚的感情，他们都无法忘记焦裕禄对同志真挚无私的关心。

有一个在焦裕禄身边工作过的干部深有感触地说："焦裕禄善于提出问题叫大家思考，启发大家提出意见，你说得对，他就鼓励你，支持你；你说得不对，他在做总结的时候，总是给你留一个想一想的余地。"

焦裕禄在工作上严格要求下属，对待自己的家属也从不放松要求，不允许家属享受一点特殊待遇。

一个冬天的晚上，焦裕禄正在灯下阅读文件，大儿子国庆兴冲冲地回来了。

焦裕禄抬起头来，看着国庆，问："你上哪儿去啦？这么晚才回来？"

国庆仰起小脸，笑着回答："我看戏去了。今晚这场戏真好看。"

焦裕禄警惕起来，问国庆："哪里来的票？"

国庆兴奋地说："收票叔叔向我要票，我说没有。叔叔问我是谁？我说焦书记是我爸爸。叔叔没有收票就叫我进去了。"

焦裕禄听了非常生气，他严肃地说："国庆呀，今天晚上你做了一件错事，你知道吗？"

国庆天真地问："什么错事？"

焦裕禄说："孩子，你想想，看戏的人都买票，你看戏却不掏钱，这样做对吗？"

国庆不服气地说："票是人家送的嘛！再说我是小孩子，谁也不会在意。"

焦裕禄有些生气地说："照你这么说，年龄小，就可以占便宜吗？"

国庆低下了头。

焦裕禄又耐心地说："你要知道，小时候养成了占小便宜的坏毛病，将来长大了，就会占大便宜，这样做多危险啊！"

国庆知道自己做错了，就一头钻进被窝，再也不说话了。

第二天，国庆拿着爸爸给他的两角钱，自己送到戏院。他还对戏院的同志说："这两角钱是爸爸叫我送来的。爸爸还说，以后再也不准我看白戏了。叔叔，你以后别送给我票了，我要是没有票，就不看！"

这件事情并没有就此结束。

焦裕禄又建议县委起草了一个通知，不准任何干部特殊化，不准任何干部和他们的子弟"看白戏"……

焦裕禄不仅不允许子女看白戏，更不允许子女利用他手中的权力为自己找工作。

焦裕禄的大女儿守凤初中毕业了。全家人都为家里有了一个初中毕业生而感到高兴，守凤却整天待在屋里，愁眉苦脸，不愿见人。

原来，守凤认为自己没有考上高中，是一件很丢脸的事情，因此不好意思见人。她期盼着父亲焦裕禄能为她安排一份体面的工作。

一天晚上，焦裕禄把守凤叫来，对她说："没有考上学就干别的，革命工作多得很，何必整天闷闷不乐，这哪像个青年的样子？"

守凤没说话。

焦裕禄看到守凤情绪低沉，就说："初中毕业就不简单啦。咱家几辈人谁上过中学？现在你中学毕了业，成了咱家的'秀才'啦！"

一句话把守凤说笑了。她苦笑之后，有些难为情地对父亲说："没有考上高中丢死人了，我以后咋办呢？"

焦裕禄对这件事情早有安排，他不假思索地回答说："咋办，好办得很。没考上高中就上农业大学，参加体力劳动。"

守凤立刻摇了摇头，显得很不高兴。

焦裕禄看了守凤一眼，认真地说："不去农村也可以，那就去当理发工人。"

守凤更生气了。

这时候，焦裕禄把几本特意为守凤买的书交给她，并耐心劝说："这几本书，介绍了好几个青年参加劳动的光荣事迹，你看看，想想，啥时想好了，再把想的结果告诉我。"

正在这时，有人知道县委书记的女儿要找工作，就主动来对焦裕禄说：

"守凤没考上学，就给她找个工作吧！"

"小学教师人手缺，守凤很合适啊！"

"邮电局要招话务员，叫守凤去吧！"

焦裕禄却十分严肃地说："不，不能让她去干这些。这几年，守凤这孩子染上了厌恶劳动的坏习惯，再说她长这么大，还没参加过体力劳动，劳动这一课一定要让她补上。一定要找个又脏又累的活给她干，让她锻炼锻炼。"

焦裕禄清楚地记得，守凤上中学以后，开始计较吃穿，她经常和同学们比吃、比穿，经常在他面前闹着要零花钱，吵着要做花衣服。有一次竟然毫不客气地对他说："你为什么总叫我穿烂衣服，也不给我零花钱，我这书记的女儿，跟谁都比不上。"

焦裕禄听了这些话，意识到女儿开始爱慕虚荣，不禁吃了一惊，但他还是耐心地说服守凤："书记的女儿怎么了？书记的女儿难道就应该高人一等？干部的子弟，只能带头吃苦，不能有任何特殊。再说你现在穿得并不坏，冬有棉，夏有单，虽然破一点，但比起老一辈革命者来，已经好得没法说了。"

后来，守凤在爸爸的耐心教育下，终于想通了，思想上发生了很大的改变。

一天，焦裕禄亲自领着守凤来到食品加工厂，对厂长说："守凤到你们厂当临时工，进行劳动锻炼。分配工作时，你一定要把她安排到酱菜组，这对改造她怕脏怕累的思想有好处。"

临走前，焦裕禄又一次交代厂长说："你们不要以为她是我的女儿，就另眼看待，应该对她的思想、工作，抓得更紧，要求得更严。"

守凤参加劳动后，焦裕禄仍然不断地教导女儿说："要彻底放下架子，不要以为自己是中学生、书记的女儿，就了不起了！一定要虚心向工人学习，要学习工人们的先进思想和高贵品质。"

有一次，守凤对爸爸说："前两天厂里叫我挑着担子去给门市部送酱油。当时我觉着不好意思，有些不乐意去。可后来我想起你平时对我的教育，我就去了。我挑着酱油担子，昂首挺胸地走在大街上，结果熟人见了，不但不笑话，还夸我哩！"

焦裕禄听了，脸上露出笑容，很高兴。

焦裕禄就这样以身作则，从不以权谋私。兰考人提起他的清正廉洁的作风，都赞不绝口。

兰考人说起焦裕禄，都饱含深情，他们说："焦裕禄是我们县委的好班长，好榜样。在他的领导下工作，我们充满信心，敢于大作大为，心情舒畅，就是累死也心甘。"

群众这样说，干部们也这样说，焦裕禄身边的每一个人都这样说。

县委一位副书记在乡下患感冒，焦裕禄几次打电话，要他回来休息；组织部一位同志有慢性病，焦裕禄不给他分配工作，要他安心疗养；财委一位同志患病，焦裕禄多次催他到医院检查……

1963年2月20日，焦裕禄收到县检察院副检察长张增勇的来信。张增勇在信中说：

> 我于16日路过崔园子公社，发现当地群众生活很困难。出现了人口外流、逃荒要饭，拆墙、扒房、送童养媳、卖子女等问题，情况十分严重……

焦裕禄对这封信很重视，立即签发给县委常委，并决定将信中反映的10个生产队作为特重灾队，派人去宣传政策，安定民心。

焦裕禄还提出对断炊户先借一些粮食，然后在摸底的基础上，按政策迅速发放统销粮。

在焦裕禄的亲切关怀下，崔园子公社的困难群众解决了生活问题，开始积极发展生产。

1963年5月18日深夜，焦裕禄刚看完文件，准备睡觉。

这时忽然狂风呼啸，大雨倾盆，焦裕禄担心兰考县群众的安危，披上雨衣就出去了。

爱人和孩子在火车站找到了焦裕禄，有些不解地问："你一个人出来，怎么不吱一声？"

焦裕禄说："我出来看一下县城里的水能不能排出去，城关镇有些群众的住房不牢固，我去转了一圈看看。"

第二天天不亮，焦裕禄马上开县委常委会，安排全县干部群众排水。会后，焦裕禄脱去鞋袜，卷起裤腿，打着雨伞，带领 3 位同志赶往水灾最严重的社、队，查看群众的生活。

焦裕禄日夜为群众的生活贫困而忧虑，其实他自己也一直过着贫穷而俭朴的生活。

1963 年 8 月，焦裕禄的小孩找爸爸要钱买新铅笔，焦裕禄看看铅笔头说还能用。

几天之后，孩子又要新铅笔。焦裕禄看着笔头说，还能用。

铅笔用到像一粒花生米那样长了，孩子又要换新的。焦裕禄从抽屉里拿出一个笔帽往铅笔头上一套说："这不是还可以用吗？"

接着，焦裕禄又给孩子讲，生产一支铅笔多么不容易，教育孩子要爱护工人叔叔的劳动成果。

1964 年 2 月 7 日，国家给兰考拨来一批救济棉花。

救灾办公室的同志看到焦裕禄的棉袄很破，决定照顾他1.5公斤棉花，让他换件新棉袄。同志们怕焦裕禄不要，就把1.5公斤棉花票送到他家里。

焦裕禄知道这件事后，又让家属把棉花票退了回去。

焦裕禄对救灾办公室的同志说："救灾物资是给群众的，我们不能要。虽说我的棉衣破点，但还能穿，比起没有棉衣穿的群众强多了。作为领导要时刻保持艰苦朴素的作风，生活上向低标准看齐。"

实际上，焦裕禄的许多衣物都该换了。

一床被子用了几十年，被里烂了就翻过来用，衣服、鞋袜补了又补。

爱人徐俊雅总想给他换件新的，而他却常常对家属说："现在兰考遭灾，群众生活很苦。跟群众相比，咱穿的就不错了。比我要饭时披麻包片，住房檐下避雪那会儿强多啦！"

有一次，焦裕禄的一件已缝了许多补丁的衣服又破了，焦裕禄又让爱人徐俊雅缝补。徐俊雅一看实在是破得不能再补了，就不愿意补。焦裕禄只好求岳母给缝补，岳母也说太破不能补了。于是，焦裕禄就自己动手缝补，还笑着说："补丁多了，穿着结实。"

夏天，焦裕禄连凉席也不买，只花4毛钱买一条蒲席铺。

1964年2月11日至28日，经上级党组织批准，焦裕禄到山东省淄博市北崮山村探望老母亲，这是他参加革命后离家 17 年的第一次探亲。

焦裕禄在他的干部档案自传中是这样叙述他的母亲的：

> 母亲李氏 63 岁，住山东家种一亩地生活，完全依靠我并爱人工资 640 分。我除经常向家寄钱供母亲生活外，母亲农闲时有时也到我处住三两个月。

焦裕禄此时已是重病在身。

县委考虑到焦裕禄一家生活困难，经过研究，决定给他一点补助，他毫不犹豫地拒绝了。

临行前，也就是 1964 年春节前一天，焦裕禄到县政府大院找到县长程世平，有些难为情地说："老程，你手头宽不宽裕，能不能借给我三四百元？"

程世平有些吃惊地看着焦裕禄。

程世平知道，焦裕禄夫妇平时省吃俭用，因为要赡养老人，抚育 6 个子女，有时还接济穷困群众，日子过得相当紧巴，可他没想到焦裕禄这样一个 15 级干部连回老家探亲的路费也凑不够。

焦裕禄借了 300 元，他写下借条，说明从他的工资里分月扣除。

焦裕禄的一个朋友后来在谈到焦裕禄探家这件事情时，深情地回忆说：

　　焦裕禄带着家属回山东去了。我看着他离去的背影，走出了兰考县委大院，消失在街头的人流中……

　　我没有想到，那是我在兰考见到的焦裕禄的最后一面……

　　这次回家探望母亲，焦裕禄特意把爱人徐俊雅和6个孩子全部带回去。

　　一路上，焦裕禄指着一块块烈士碑对孩子们讲革命烈士的故事，教育孩子们要珍惜眼前的生活。徐俊雅这才明白焦裕禄把孩子全部带回老家的良苦用心。

　　焦裕禄和母亲欢聚的时光十分短暂。

　　很快，焦裕禄就依依不舍地告别母亲，踏上回兰考奋斗的人生旅途。

焦裕禄带病坚持工作

1964 年春天，正当焦裕禄意气风发地领导着兰考人民同涝、沙、碱斗争胜利前进的时候，他的肝病变得越来越严重。

焦裕禄没有时间休息，也不愿意停下来休息。为了改变兰考的落后面貌，他甘愿牺牲自己的一切。

无论开会、作报告，焦裕禄都经常把右脚踩在椅子上，用右膝顶住肝部。他棉袄上的第二和第三个扣子是不扣的，左手经常揣在怀里。

焦裕禄时常用左手按着时时作痛的肝部，或者用一根硬东西顶在右边的椅靠上。日子久了，他办公坐的藤椅右边被顶出了一个大窟窿。

焦裕禄对自己的病，从来不在意。同志们问起来，他才说他对肝痛采取了一种压迫止痛法。

县委的同志们劝焦裕禄去疗养，焦裕禄却笑着说："病是个欺软怕硬的东西，你压住它，它就不欺侮你了。"

有一次，焦裕禄到地委开会，他的病情忽然变得更严重了，地委的负责同志劝他住院治疗，他淡淡一笑说："春天要安排一年的工作，离不开！再说，工作带来的快乐，也可以减轻疾病对我的折磨，让我完全休息，我反而会更难受！"

地委请来一位有名的中医给焦裕禄诊断病情，开了药方。焦裕禄看到药费很贵，就不肯买。焦裕禄说："灾区群众生活很困难，花这么多钱买药，我能吃得下吗?"

县委的同志背着焦裕禄去买来3剂，让他服下，但他执意不再服第四剂。

参加完地委会议，焦裕禄立即回到兰考。他连夜开会，传达贯彻地委的会议精神。

开会期间，焦裕禄的病情变得越来越重，但他仍然顽强地坚持工作。

焦裕禄在会上兴奋地对大家说："春节刚过，积雪盖地，天气还很冷，但群众已经自觉地行动起来，只要我们加强领导，采取切实有效的措施，今年实现自足，明年争取有余，是大有希望的……"

焦裕禄正说着，一阵剧烈的疼痛从肝部袭来，豆大的汗珠，从焦裕禄消瘦的脸上滚落下来。

焦裕禄忍住疼痛，习惯地用铅笔头顶住肝部，继续讲了下去。

会议结束后的第二天，焦裕禄就和县委办公室的干部张思义一起骑自行车到三义寨公社去。走到半路，焦裕禄的肝痛发作，疼得蹬不动车，两个人只好推着自行车慢慢走。

两人来到公社，大家看焦裕禄的气色不好，知道他又发病了。公社的同志十分关切地说："焦书记，休息一下吧。"

焦裕禄摇了摇头，说："谈你们的情况吧，我不是来休息的。"

公社的同志一边汇报情况，一边看着焦裕禄强按着肝区在做笔记。焦裕禄的手指在发抖，钢笔几次从手指间掉下来。

汇报的同志看到这种情形，都强忍住泪水，连话都说不出来了。

焦裕禄却还是神情自若，说："说，往下说吧。"

焦裕禄坚持听完汇报，又站起身来，坚持要到下面去看看。公社党委书记担心他的身体，再三劝阻，焦裕禄都拒绝了他的好意。

焦裕禄刚走出公社大门，一阵剧烈的疼痛袭来，他感到头晕目眩。

在这种情况下，焦裕禄再也无力坚持工作，只好无可奈何地回县治疗。

1964 年的 3 月，兰考人民的除"三害"斗争达到了高潮，焦裕禄的肝病也到了严重关头。

焦裕禄躺在病床上，心情却无法平静。他慢慢下床，坐到桌前，铺开稿纸，提起笔来，开始写一篇文章。

焦裕禄首先写下题目：《兰考人民多奇志，敢教日月换新天》。

接着，焦裕禄拟好 4 个小题目：

一、设想不等于现实。

　　二、一个落后地区的改变，首先是领导思想的改变。领导思想不改变，外地的经验学不进，本地的经验总结不起来。

　　三、榜样的力量是无穷的。

　　四、物质变精神，精神变物质。

　　焦裕禄只写了一个开头，剧烈的疼痛袭来，他无可奈何地放下手中的笔。

　　经医生诊断，焦裕禄的病情十分严重，必须立刻转院。

　　县委决定送焦裕禄去开封医院治病。

　　此时此刻，正是改变兰考落后面貌的紧要关头，焦裕禄是多么不情愿离开他深深记挂着的兰考啊！

　　在去开封治病的前夕，焦裕禄仔细地交代县委的工作。他找这个同志谈谈，找那个同志问问，一直忙了一整天。

　　直到夜深人静，焦裕禄才拖着疲倦的身子，步履艰难地回到家里。

　　焦裕禄刚躺到床上，就感到肝部一阵疼痛。他随手拿过来一个放在床头的茶缸盖，用力压住肝部。

　　焦裕禄的眉头越皱越紧，额头上沁出了冷汗。

　　焦裕禄的爱人徐俊雅焦急地说："我去找医生给你打一针吧！"

　　焦裕禄摇了摇头，说："深更半夜的，吵醒人家不好。"

焦裕禄忍着疼痛，披衣下床，坐到桌子跟前。

徐俊雅不禁皱起眉头，她知道焦裕禄又要工作了。她有些嗔怪地看着焦裕禄，叹了一口气，心疼地说："唉！你就是不知道疼自己……"

焦裕禄淡淡一笑，说："反正睡不着，我起来做些工作，还能减轻点痛苦。正好有一篇文章没写，今晚再赶一赶。"

焦裕禄离开兰考那一天，他是弯着腰走向车站的。

焦裕禄对兰考这块他为之奋斗不息的热土充满依恋之情，在去火车站的路上，他走几步，就会回头看看，走几步，就会回头看看。

临上车之前，焦裕禄又把除"三害"办公室的主任叫到跟前，郑重地对他说："除'三害'是兰考 36 万人民的迫切要求，是党交给我们的光荣任务，你一定要搞好。我看病回来，还要听你全面汇报除'三害'的进展情况哩！"

在火车开动前的几分钟，焦裕禄还郑重地布置好最后一项工作，要县委的同志好好准备材料，等他回来时，向他详细汇报抗灾斗争的战果。

火车开动了，焦裕禄坐在车窗前，无限深情地凝视着宽阔无边的兰考大地，眼中充满依依不舍之情。

要看着你们把沙丘治好

焦裕禄来到开封，经过检查，医院发现焦裕禄的病情十分严重。

医生们为他和肝痛斗争的顽强性格感到惊异。他们带着崇敬的心情站在病床前诊察，最后含着眼泪离开。

焦裕禄又被转到郑州河南医学院附属医院。

当焦裕禄被担架抬着走出开封的医院时，忽然想起一件事情，赶快把一个同志叫到跟前说："县人委的老周正在这里住院，请你替我去看看他。前些日子他急着要出院，你去安慰他一下，让他安心治疗！"

焦裕禄到了郑州，因为病情严重，很快又转院到北京。为了挽救焦裕禄的生命，有关部门找来北京最有名气的医学专家，给焦裕禄诊治。

负责给焦裕禄看病的医生开出最后的诊断书，上面写道："肝癌后期，皮下扩散。"

这是不治之症！

送焦裕禄去治病的赵文选同志顿时愣住了，他不相信这个诊断，一连声问道："什么？什么？"

医生低声说："焦裕禄同志最多还有 20 天时间。"

赵文选呆了一下，接着放声痛哭起来。

赵文选恳求医生："医生，我求求你，我恳求你，请你把他治好，俺兰考是个灾区，俺全县人民离不开他，离不开他呀！"

在场的人都被感动了，眼中含着泪水。

医生叹息了一声，心情沉重地说："焦裕禄同志的工作情况，在他进院时，党组织已经告诉了我们。癌症现在还是一个难题，不过，请你转告兰考县的广大群众，我们医务工作者，一定用焦裕禄同志同困难和灾害斗争的那种革命精神，来尽快攻占这个高地。"

焦裕禄回到郑州，在河南医学院附属医院住了下来。

焦裕禄的病情越来越严重，他几乎吃不下去任何东西了。

照顾焦裕禄的护士对他说："你应该多吃点东西，如果想吃点什么，尽管告诉我们，好给你做。"

焦裕禄说："不用麻烦你们了，现在医院的伙食已经够好了。"

焦裕禄沉默片刻，问护士："你知道兰考灾区群众吃的是什么吗？吃红薯干。我现在吃的又是什么？我感到非常满足，甚至觉得有些过分了。"

护士听了焦裕禄的这些话，深受感动。

焦裕禄出神地望着窗外，动情地说："我相信，总有一天，兰考人民会吃得好的，一定会吃得好的。"

焦裕禄病危的消息传到兰考后，县上不少同志去郑州看望他。

县上有人来的时候，焦裕禄闭口不谈自己的病，而是先问县里的工作情况。他十分关切地问："张庄的沙丘封住没有？赵垛楼的庄稼淹了没有？秦寨盐碱地上的麦子长得怎样？老韩陵地里的泡桐树栽了多少……"

有一次，焦裕禄很认真地嘱咐一个县委办公室的干部说："你回去对县委的同志说，叫他们把我没写完的文章写完；还有，把秦寨盐碱地上的麦穗拿一把来，让我看看！"

每当来看望焦裕禄的人离去时，焦裕禄眼中都露出不舍的神情，但他却说："都不要来回跑了！我自己有病不能工作，就难过极啦，这么多人为我奔跑，耽误了多少工作，我心里真不安啊！有这些时间，不如在家多给兰考人民做点工作吧！"

1964 年 5 月 4 日，焦裕禄的女儿焦守凤到郑州探望病重中的焦裕禄，只见他嘴唇干裂，脸黄如纸，说话要用很大的力气，上气不接下气。

焦裕禄见到女儿的第一句话就问："小梅，咱兰考淹了没有？你把咱县的实际情况告诉我！"

焦守凤后来回忆起当时的情景说：

父亲去医院时，身体非常虚弱，脸上疙疙瘩瘩的，说话也非常吃力。我去医院看父亲，他就问我：兰考下雨了没有，地淹了没有？我对他说没有。其实我也不知道。我当时在开封。我想，你都病成这样了，你还管兰考干吗呀？

在焦裕禄病危的时候，中共河南省委和开封地委有两位负责同志守在他的床前。

焦裕禄对这两位负责同志说：

> 我死后只有一个要求，要求组织上把我运回兰考，埋在沙堆上，活着我没有治好沙丘，死了也要看着你们把沙丘治好！

焦裕禄临终之际，用尽全力，对这两位上级党组织代表说："我……没有……完成……党交给我的……任务。"

1964 年 5 月 14 日，焦裕禄因肝癌晚期医治无效，病逝于郑州，年仅 42 岁。

得知焦裕禄去世的消息，人们都悲痛万分。他们自发地以各种方式，沉痛悼念焦裕禄。

焦裕禄逝世后，人们在他的日记本上看到了这样一段话：

> 我想，作为一个革命战士就要像松柏一样，无论在烈日炎炎夏天，还在冰天雪飘严冬，永不凋谢，永不变色；还要像杨柳一样栽在哪里，活在哪里，根深叶茂，苗壮旺盛；要像泡桐那样抓紧时间，迅速成长，尽快地为人民贡献出

自己力量……

　　人们带着对焦裕禄的无限怀念，认真地诵读着焦裕禄留下的这一段话。他们在这些朴实的话语中更加深刻地领悟到焦裕禄高尚的人生境界和无私奉献的精神。

　　焦裕禄去世后，兰考县的全体党员、全体人民，怀着对焦裕禄的无限崇敬与思念，为改变兰考的落后面貌而奋力拼搏。

　　1965 年春天，兰考县几十个农民代表和干部，专程来到焦裕禄的坟前。他们一看见焦裕禄的坟墓，就仿佛看见了他们的县委书记，看见了他们永远也不会忘记的那个人。

　　他们含泪站在焦裕禄的坟前，仔细地讲述着兰考这一年取得的成绩。说着说着，他们已是泪流满面。

　　一位老农泣不成声地说："我们的好书记，你是活活地为俺兰考人民，硬把你给累死的呀……"

　　此后，兰考人民继续发扬焦裕禄艰苦奋斗的精神，为完成焦裕禄的遗愿而努力奋斗。

　　焦裕禄生前带领兰考人民修建的工程，起到了良好的防旱防涝作用，为兰考的农业生产获得丰收打下了坚实的基础。

　　后来，焦裕禄亲手栽种的泡桐树长得枝繁叶茂，遮天蔽日，被乡亲们亲切地称为"焦桐"。

三、 学习标兵

● 李祥麟说：“活着就要拼命干社会主义，与其病死在床上，不如献身在战斗岗位上。”

● 张中周淡淡一笑说：“共产党的干部为群众干事，这是天经地义！”

● 一些老朋友为子女和亲友说情，宋达夫用手指着头上的国徽说：“我不能给它抹黑。”

焦裕禄式的好党员李祥麟

李祥麟是上海第七化纤厂的党总支书记。他患有重病,1969 年,切除了脾脏;1974 年,他患了胃癌,胃切除了四分之三。

两次大手术之后,李祥麟身体一直很虚弱,胃部经常剧痛,有时彻夜不眠。但是,他在第七化纤厂工作的 7 年中,一直为坚持改变这个厂的落后面貌,同癌症作斗争。

李祥麟说:"活着就要拼命干社会主义,与其病死在床上,不如献身在战斗岗位上。"

李祥麟用实际行动实践自己的誓言,被人们誉为"活着的焦裕禄"。

1970 年,李祥麟切除脾脏不久就来到第七化纤厂。当时,李祥麟顶住来自"四人帮"的压力,坚决清除了领导班子中有问题的人,整顿了领导班子。同时,落实党的政策,把大批好同志解放出来,安排了工作。

李祥麟和党总支的多数同志坚决抵制各种歪风,坚持党的组织原则。在当时,他的胃大量出血,同志们把他送进了医院,但他没等健康恢复,就急着回厂工作。

李祥麟的胃经常剧痛,他却一声不吭,带领大家开展学大庆的群众运动。他们大干了 3 年,自力更生建造了一座四层楼高的纺涤纶丝的转鼓房，使原来只能生产棉浆粕的工厂发展成为生产涤纶的化纤厂，把一个落后工厂变为先进工厂，生产年年上升。

1974 年，李祥麟得了胃癌，要立即动手术。他拿着医院的病情诊断书，思想上展开了激烈的斗争。他想：现在我能离开工厂吗？不能。我绝不能在这个时候下火线！

李祥麟把诊断书藏进口袋，回到厂里。

一天，厂医务室收到医院让李祥麟住院治疗的通知单，他患癌症的消息一下子传遍了全厂。

许多同志拥向党总支办公室，小小的房间，一层又一层地围满了含着泪花的人。有的安慰他，有的劝他马上住院。

李祥麟深情地望着大家，微笑着说："同志们，不要为我难过。"

…………

中央粉碎"四人帮"后，一切工作都开始步入正轨。

李祥麟又及时用党的方针、政策，统一干部和群众的思想，对真正改正了错误的同志，政治上一样信任，工作上一样支持，感情上一样亲近，生活上一样关心。

李祥麟带领全厂职工认真学习大庆经验，针对领导班子中"软、散、懒"的状况，认真开展整风，一共进行了5 次，使大家分清了路线是非，齐心协力地投入生产之中。

这时期，李祥麟的身体还十分虚弱，医生一再叮嘱他在家休息。可是，他瞒着医生，藏起病假单，硬是每天同工人群众一起战斗 10 多个钟头。

李祥麟的爱人原来反对他这样拼命干，担心他病倒了。他就把一家人召集在一起，深情地对他们说："王铁人同志宁愿少活 20 年，也要拿下大油田；我宁愿少活 20 年，也要把大庆红旗插在七纤厂。我的一切是属于党的，不把七纤厂办成大庆式企业，我死也不甘心。"

他的爱人被说服了，感动地说："你放心地干吧！家务事我包下来，支持你学大庆。"

李祥麟还给在崇明农场的小女儿写信，要她把自己带的一个生产班办成大庆式班组。

学大庆，首先要有一个好的领导班子。七纤厂的领导班子经过几次整风，逐渐培育起实干苦干精神。这种精神是李祥麟带的头。

李祥麟经常对同志们说："一个基层领导干部，如果只讲不干，指挥就要失灵；只有苦干实干，才能带领群众前进，大展社会主义宏图。"

李祥麟常常忘记自己是病人，同工人一样干活。厂里没有专职的搬运工，成百吨的涤纶原料全靠大家义务劳动搬运。每一次扛包都少不了李祥麟。

大家怕他累垮了，他总是笑呵呵地说："大家能干，我也能干。"

看着他把 25 公斤重的料包，一包一包扛进仓库，同志们又是心疼，又是感动。大家说："有这样的好领导，再苦再累我们心里也是甜的。"

厂里的消防室曾经被取消了，李祥麟为了确保工人安全生产，选了一个空地，带领大家动手盖起了一个消防室。

工人的自行车没处放，他组织工人义务劳动一天，搬走了50吨废铁，腾出一条走道，搭起了一个车棚。

工人对食堂有意见，他立即派人去食堂蹲点，又调一名党员去加强领导，自己也经常去食堂劳动，使食堂做到了花色品种经常变，热菜热汤暖人心。

第七化纤厂的生产上去了，李祥麟却更瘦了。身患重病的李祥麟，处处严格要求自己，以共产党员的模范行动教育着人们。他对自己"约法三章"：

> 一是艰苦奋斗，富日子当穷日子过；二是拒绝收礼；三是不搞特殊化，自觉抵制各种诱惑。

李祥麟从不乱花一分钱，不轻易添一件新衣服。他住院时，有人送给他两支红参，他婉言谢绝，怎么也不肯收。

每年除夕，他总要对全家进行一次忆苦教育。她的大女儿毕业后分配在化工厂硝酸车间当操作工。硝酸车间腐蚀性强，容易引起烧伤事故，大女儿不大安心这个工作。李祥麟就对她说："你在硝酸厂工作，要感到责任重大。多产一吨酸，就是为建设社会主义多贡献一分力量，你绝不能忘记老一辈过去的苦，辜负毛主席对你们年轻一代的殷切期望啊！"

他的大女儿从此努力改造世界观，努力工作，1973年光荣地加入了中国共产党。

李祥麟经常说："生我的是爹娘，养我的是党和毛主席。活着为党工作，死了也甘心。"

他经常读马列和毛主席著作到深夜。为了不影响家里人休息，他专门装了一盏台灯。邻居们常常看到他家中那盏小台灯深夜还亮着。

他胃部有时剧烈疼痛，头上冒着黄豆般的汗珠，双手顶着胃部，仍然坚持学习。他爱人一觉醒来，劝他注意身体；孩子们醒了，也劝他注意休息。

李祥麟一边安慰家里人，一边说："我知道我的病，在这种情况下，如果不学习，脑子里整天围着疾病转，革命意志就会衰退，怎能去战胜疾病？现在抓紧学习也是为了增强战胜疾病的勇气！疾病在身不可怕，只怕思想感染疾病。"

这些话，深深感动了全家人。后来，他家添置了一把藤椅。他坐这把藤椅不是为了舒服，而是为了借助藤椅的把手，用手顶着胃部，减轻疼痛，更专心地学习。

1977年，一个学习、宣传、贯彻落实全国工业学大庆的群众运动在上海全市兴起。上海纺织局党委作出决定，要求纺织系统的共产党员、革命干部，认真学习李祥麟同志革命加拼命的战斗精神，对照自己，找出差距，制定和修改革命化措施。

以焦裕禄为榜样的张中周

　　1987 年，豫东开封县的持续干旱进入了第三个年头。全县 118 万亩耕地，上年有收获的不足 20 万亩。许多农民家中的主食，只剩下麸皮和玉米面。

　　这年元月，40 多岁的张中周担任了开封县委书记。他翻开一份统计资料：开封县从 1951 年到 1986 年的 35 年中，旱灾 18 年，涝灾 11 年，基本风调雨顺的年份仅有 6 年。

　　张中周的心里沉甸甸的。

　　张中周生长在焦裕禄工作过的地方，即兰考县。从小经受风沙、盐碱、内涝"三害"的肆虐，饱尝穷困饥寒的滋味。焦裕禄带领兰考干部群众向"三害"开战的时候，他正念高中。焦书记为兰考人民鞠躬尽瘁、死而后已的感人事迹，深深植根在他的心里。

　　1972 年，张中周任兰考县城关乡杨山寨村的党支部书记，带领群众将 3000 亩沙荒地改造成良田，粮食总产一年翻了一番。

　　1975 年，张中周在兰考县张君墓乡王岔楼村蹲点，和群众一起平地打畦，打井配套，把 300 多亩土地变成水浇地，全村粮食增长一倍多。

　　1978 年，张中周到杨山寨村任党支部书记，兼城关乡党委书记。在那里，他率先实行联产承包责任制，一年就结束了这个村群众外出讨饭的历史，还卖给国家余粮 1900 公斤。

张中周说："当上这干部，就要像焦裕禄同志那样，心里有群众，实实在在地为群众办几件事。"

开封县要解决的最迫切的问题是水。张中周率领开封县干部群众打的第一个硬仗就是"北水南调"工程。

开封北临黄河，水资源丰富。张中周认为，要根除旱灾对开封县的威胁，必须扩大引黄灌溉面积，改造中低产田。

由于过去引黄曾有过土地盐碱回升的教训，有些干部对引黄灌溉存有疑虑。

张中周斩钉截铁地说："我们现在的主要矛盾是旱灾，不能因为怕噎就不敢吃馍，敢于迎难而上才是共产党员的本色！"

张中周为了摸透黄河水的"脾气"，带领技术人员进行实地考察，顶烈日，冒严寒，行程 4 万多公里，总结出既能引黄灌溉，又能有效防止盐碱回升的科学办法。

在施工时，张中周更是一心扑在工地上。1987 年农历腊月三十，南引的黄河水离八里湾乡的阁楼村只差几百米。大年初一清早，他匆匆来到阁楼村的水利工地，和大家一块干。阁楼村的群众深受感动，两天的任务一天就完成了。

1988 年，"北水南调"工程受益的 21 万亩麦子先后灌上黄河水，全年夏秋两季增产粮食 2643 万公斤。

1988 年，张中周又带领开封县的干部群众投入另一项大型引黄工程，即"西水东引"。

本来，这项工程按照省有关部门的规划，要在 1992 年后才能安排。张中周打的却是另一个算盘：4 年中如果连续干旱，灌区就要减产 1.2 亿公斤粮食，国家和群众就要蒙受重大损失。不能等，坚决不能等。

1988 年麦播后，张中周和各级干部带领 5 个乡的 6 万名群众奋战 8 天，完成了 26 公里长的干渠主体工程，动土 84 万立方米。

为了解决桥、涵、闸等配套工程的投资，张中周和县委班子发动群众筹集了 100 多万元，加上省市黄淮海平原农业开发办公室及时拨款 103 万元，终于使"西水东引"工程的 63 座桥、涵、闸在 1989 年的春天全部完成。

1989 年 3 月，小麦返青，又遇天旱。正当陈留分干灌区 20 多万群众翘首盼水的时候，却因总干渠中牟县境内建闸不能放水。眼看着小麦旱得卷了叶，群众急了，干部急了，张中周的心情更急，他找省里拨款 20 万元，从建闸处挖引河向开封县放水。

引河挖好了，但因东漳闸基清理工作没有完成仍不能放水。张中周又率领几名干部和民工开赴东漳闸工地，既当队长又当民工，每天一身泥水一身汗。

经过六天五夜的苦干，提前 7 天竣工。当黄河水顺着干渠流进块块麦田时，群众比过年还高兴。疲惫不堪的张中周没进家门，又拿着手电筒到容易跑水的地段检查去了。

后来，开封县无须因天旱而惊慌失措了。自1987年以来，开封县水浇地面积每年以10万亩的速度递增，粮食、棉花、油料连年增产。

说起这些成绩，张中周淡淡一笑：

共产党的干部为群众干事，这是天经地义！

焦裕禄式的好干部宋达夫

宋达夫 1932 年出生在辽宁大洼，曾是中国人民公安大学第十八期学员。

宋达夫 1957 年 5 月参加公安工作，历任辽宁省阜新市蒙古族自治县公安局治安股长、秘书股长、副局长、局长，县委副书记，1982 年 5 月任阜新市公安局局长。1990 年，因患癌症医治无效逝世。

宋达夫从警 40 余年来，克己奉公、率先垂范，强忍着身体的巨大病痛忘我工作，为公安事业鞠躬尽瘁，死而后已，先后受奖 40 余次，被辽宁省公安厅命名为"苦干实干的带头人""焦裕禄式的好干部、模范公安局长"，荣立二等功一次。1990 年 5 月被公安部授予"全国公安系统二级英雄模范"称号。

1982 年 5 月，宋达夫调任辽宁省阜新市公安局局长。他从抓领导班子建设入手，狠抓党组自身建设。

1983 年，他提出公安机关改革的 10 条设想。1984年，他主持制定改革领导作风、加强党组自身建设的规定和基层公安派出所改革的 12 项措施。

1985 年，他亲自起草"关于刹住吃喝风的决定"和"认真接待群众报案的命令"，以及"关于停止一切赞助活动的通知"。

1986 年，他建议把每月 25 日定为"民警纪检日"，做到警钟长鸣，防微杜渐。

1987 年，他提出"建一流班子，带一流队伍，创一流工作水平"的奋斗目标。

1989 年，他又主持制定了《党组成员保持自身廉洁的约法八章》，亲自起草了《关于在一定范围内禁酒的决定》。从严治警的规定、决定、命令下发后，对保持队伍廉洁，加强队伍建设起到了积极的促进作用。

宋达夫重视刑侦工作，狠抓治安管理。几年中发生的重大刑事案件 80% 的现场都有宋达夫的足迹和身影。

1978 年 4 月，在他带领民警侦破一起抢劫杀人案的关键时刻，突然接到父亲病危的电报，他忍着沉痛的心情继续工作，两天后接到父亲病故的消息，才连夜赶回盘锦老家。处理完父亲丧事的第二天，他又告别母亲和亲友，毅然返回破案第一线，经过紧张的工作很快破了案。

几十年的公安工作，宋达夫深深懂得秉公执法和廉洁奉公的分量。

1985 年，市局机关先后从社会青年和部队退伍军人中招收两批民警，这期间说情的、递条子的接踵而来，宋达夫就是不给"面子"，不开"口子"。

一些老朋友为子女和亲友说情，他用手指着头上的国徽说："我不能给它抹黑。"

有一天，一位朋友怀揣一笔钱到宋达夫家，想为他劳教的儿子办个保外就医。宋达夫推开钱说："你是想把儿子整出来，把我送进去呀！"来人很不满意地走了，从此再没登门。

宋达夫严格要求别人更严于律己，他身居要职，可他父母兄妹的户口都在农村。他3个孩子，两个在大集体单位工作。他因私事用了一次公家汽车，按规定交纳了40元的汽油费。

宋达夫牢记党的全心全意为人民服务的宗旨，处处想着群众利益，时刻念着群众的疾苦。他发现有的民警接待群众报案不热情、不认真，就与其他领导商量，下发了《认真接待群众报案的命令》，从而转变了那种"门难进，脸难看，事难办"的状况，使警民关系得到了改善。

不了解宋达夫的人会认为他是个身体健壮的汉子，了解他的人才知道他是身体多病的强者。由于长期废寝忘食地拼体力工作，使他积劳成疾，患有严重的神经官能症，胃切除三分之二，腰椎假性滑脱，骨质增生，结肠炎，经常低烧不止，牙齿大部分脱落，但他没有被疾病吓倒。

他有两件宝：一是"钢背心"，二是"铁围腰"。有时腰椎疼痛难忍时，他就穿上"钢背心"，系上"铁围腰"，继续工作。

1988年10月，他在常规体检时发现肺部有阴影，医生嘱咐他到别的大医院作进一步检查。其他局领导劝他继续检查时，他却说："年终要到了，工作又这么忙，哪有时间去检查，以后再说吧。"

1989 年 12 月 15 日，阜新市阜广商场发生了新中国成立以来罕见的特大持枪抢劫案，更夫被绑，价值 6 万多元的商品被抢。

宋达夫为尽快破获此案，拖着虚弱的身体，同参战民警多次分析案情，制定侦查方案。凭着他多年的经验，同局其他领导一同指挥战斗，很快破了案。

1990 年 1 月 19 日，他从大连开会回来，以为自己患了感冒，到医院检查，发现身患肺癌。

医生查阅宋达夫的病历，发现他的"健康证"上竟没有任何记录，3 年的健康检查，他都因工作忙，一次也没参加。

在春节期间，其他局领导知道他已患了肺癌，就告知办公室不要安排他假期值班，但他发现总值班表上没有他的名字时，又亲自填上了自己的名字。弥留之际，他仍在关心社会治安状况，直到生命的最后一刻！

"两袖清风，一尘不染，鞠躬尽瘁，死而后已"，这就是公安战线上的焦裕禄式好干部宋达夫的真实写照！

军中焦裕禄陆妙生

1990年元旦过后的第一个飞行日，人民解放军空军某飞行学院团政委陆妙生高烧未退，就穿上大衣，又出现在机场上。

团长胡福生和其他飞行干部，见政委用手抵着腹部，脸色蜡黄，劝他回去休息。他说："节后第一个飞行日，我怎能不到场呢？保证飞行安全要紧！"

了解陆妙生的人知道，他已不是第一次这样对待自己了。

有一回，他在礼堂给干部战士讲课，突然腹部疼痛难忍，豆大的汗珠从额头上流下来。他用手抵着腹部，硬是把课讲完才离开讲台。

院团领导发现陆妙生身体状况不好，督促他去医院检查，卫生所也为他联系好了医院，可他都以工作忙、走不开为由，一推再推。他以为自己患的是胃病，坚持工作着。

然而，这次陆妙生坚持不住了。到了晚上，病情加剧，晕倒在自己家的厕所里。

团长派车强行把他送往运城医院。医生检查后吃惊地问："怎么现在才来看病？"

当干部、战士、职工、家属得知陆妙生要转院到北京治疗的消息，纷纷前往送行。许多人流泪了，有的哭出了声。

陆妙生，江苏海门县人，1949 年出生，1968 年入伍，历任飞行学员、管理员、指导员、飞行大队政委、团政治处主任。1986 年 6 月，他被派到连续两年没沾先进边的某团当政委。

像往常一样，上班他第一个到办公室，下班他最后一个离开，工作走在前，脏活累活抢着干。

上任不久，团里接受了铺设钢板跑道的任务。7 月的晋南，白天的温度有时高达 39 摄氏度，陆妙生和战士们一道，抬着被晒得发烫的钢板，一块一块地对接。战士两班倒，他却连轴干。

一个月过去了，工程提前完工。两条由 7 万多块钢板组成的跑道，伸展在大地上。

飞行部队的中心任务是飞行训练。无论春夏秋冬，每逢飞行日，只要陆妙生在团里，就到外场跟班。参加飞行的人员休息了，他却照常处理日常事务。

陆妙生的心里没有自己，他想的是工作、他人。

飞行中队长王文干 1984 年结婚后，一直与妻子两地分居，生活上难处很多。陆妙生心里很不安。他白天找地方领导，晚上找接收单位的领导，一个月内，10 多次奔波，终于促成了事情的解决。

几年来，他帮助许多干部结束了"牛郎织女"的生活。他说，要使干部以部队为家，领导就要关心他们的家。

他妻子所在的单位不景气，几次催他到地方"活动活动"，调动工作。他却说："团里还有部分家属的工作没有着落，你有个单位就不错了。"

部队不是生活在真空里，社会上的送礼风有时也刮进营房。1986 年，团里要修建大礼堂，许多包工队的头头纷纷找到团里要求承包。

一天晚上，一个包工头悄悄敲响了陆妙生家的门："陆政委，这项工程如能包给我，我愿给你一万元。"

陆妙生一听，当即顶了回去："你以为用钱就能买通一切？用不着给我来这一套，你也别想承包我们的工程!"

陆妙生平时对自己的要求十分严格，公家的便宜一点不占。他当政委以来，从未吃过空勤灶的饭菜，即使在他跟班飞行和犯病的时候，也不例外。他解释说："地勤人员不准吃空勤灶，这是规定。如果我带头吃了，其他地勤人员会怎么看？"

陆妙生的模范行动影响着党委一班人，激励着全团官兵。他当政委 4 年，团党委连续 4 年被评为先进。

陆妙生住进了空军总院。手术后的第二天，院政委去看望他，他用微弱的声音说："我没有把身体保养好，耽误了工作……"说完，他自己流下了眼泪。

在场的医生、护士、陪床人员也都热泪盈眶。

后来，病魔夺去了陆妙生的宝贵生命，但他的精神却铭刻在军营之中。

像焦裕禄那样做官的苏宁

1991 年 4 月下旬，一个响亮的名字震撼着关东大地。苏宁，沈阳军区某炮兵团参谋长，他舍己救人的壮举和攀登现代化建设高峰的事迹令人感奋不已。

士兵们称他是"绝对可以信赖的好领导、老大哥"，将军们说他是"让人放心的最有希望的接班人"。大学生们纷纷议论："我们找到了好榜样。"一些个体户自动捐款，要为他立碑塑像。总参谋部炮兵部痛惜失去了一个难得的人才，赞扬他"高尚的品质值得全军炮兵指战员学习"……

一位年仅 37 岁的军人，一个基层干部，为什么能拨动千百万人的心弦，为什么获得这样高的评价？

海湾战争打响后，战争震撼了全世界，也震动着苏宁的心。他怀着危机感、紧迫感，紧盯着电视屏幕，盯着现代和未来的作战方式……钢铁与钢铁撞击，高技术与高技术对抗，大纵深、立体化、全方位的较量。海湾在为全世界的军人上课。

苏宁深深懂得，双方装备出现的强烈反差，新的作战方式的出现，如果不透彻地研究，在未来的战场上那将意味着什么。

晚上，他常常彻夜难眠，苦苦思索。

祖国把剑与盾交给苏宁这一代军人，一个不容回避的课题始终萦绕在他们的脑际：如何打赢未来的战争？

作为军人，随时用鲜血和生命保卫祖国，苏宁有着充分的思想准备。

他入伍后经历了两次紧急战备行动。当时，他告慰自己的父母："请放心，祖国一旦有战事，儿子绝不给你们丢脸！"

他深知，牺牲精神很重要，但如果没有科学的头脑和现代技术的武装，在未来的战场上照样难打胜仗。

他激动不已，思维的灵光上下奔突；他焦虑万分，9平方米的寝室，难容他胸中的全球战场！面对未来战争的需要，他反馈出一系列研究和训练课题。他提出要大力加强部队的心理训练，并在力所能及的范围内，对导弹射手进行战场音响模拟训练。

他和团长商量，决定从减少指挥程序、实现指挥自动化方面考虑，改革有关设备，并且着手进行试制。

他看到海湾战场陆军主要是装甲兵对抗，于是他提出加强对打坦克的研究，写出了《反坦克导弹山地高差耗线现象的研究报告》。这一研究得到军首长的称赞。

其实，苏宁对现代战争的研究和思考早在 10 年前就开始了。

1981 年，他就大胆提出把计算机引入决策系统。他只有初中文化，却要攀登军队现代化建设的高峰，难如登天！可他着了魔、入了迷，用蚂蚁啃骨头的拼劲去攻克难关。

他的兜里总是揣满了小纸片，有了新的灵感就及时捕捉住；他寝室的床上、桌子上常常摊满各种书籍，来了客人找个座位都困难；他跑大学，去研究所，和专家广泛联系，学习计算机语言，就连他妻子书信的背面也写满了演算公式。

经过近两年的顽强拼搏，他终于完成了包括几千个数据、上万个计算公式、共两万余字的《摩步师攻防作战计算机决策系统》的总体设计方案。

这一研究成果立即引起总参谋部和军事科研单位的极大关注。有关专家认为，"这是军队指挥改革的重要突破口"，立即组织人员对此方案进行全面论证以至最终完成，并在全军推广。

现代化的微机和电脑可以演示出复杂的未来战场，却难以计算出苏宁对祖国的一腔热血和忠诚！

海湾战争促使他以一种全新的视角去审视过去所进行的军事理论研究。他明白，"战争不仅是综合国力的较量，也是军事理论的较量，没有高超的谋略，就要在未来的战场上被动挨打。"

他这个军事运筹学会、军事统筹学会、经济数学研究会和总参炮兵射击学会的会员，撰写和发表了60多篇论文，共50余万字。其中《对现代作战中"非物质战斗力损耗理论"的探讨》一文，在全国军事运筹学会和军事系统工程学会年会上发表，立即引起强烈震动。

全军军事运筹学会秘书长陈庆华教授认为，这个理论填补了军事运筹学研究的空白，为动态地研究军队作战能力提供了一条崭新的途径。

总参炮兵部的领导给予充分的肯定和鼓励，并建议他们进行深入的研究和试验。一个基层指挥员在理论研究上达到这个高度，可以称得上是辉煌的一页。

可是面对未来的战场，他却感到许许多多新的不满。海湾战争刚刚结束的一个月之内，苏宁便撰写和修改了3篇论文，提出了自己的新见解。

战友们认为，"苏宁那颗心都钻到军队这一行里啦！"

3年炮兵学院的深造使苏宁开阔了眼界，可也错过了提升的机会。

回到原部队，他当连长时手下的排长已经成了副团长，他依然是一个副营职的股长，直到1990年12月才正式下达参谋长的任命。当时这位入伍22年的老兵，还是个少校军衔，职务大大落在同年兵的后面。

深冬的一天，转业到地方的一个战友到国外留学，苏宁去送行。他十分同情地劝苏宁："这年头都去挣大钱啦，别鼓捣你那些玩意儿了，在部队没啥发展，靠你老父亲的关系赶快转业吧，凭你的那个聪明和拼劲，到地方肯定能混出个样儿来！"

回家路上，他和妻子武庆华默默无语。妻子悄声道："你也不能在部队待一辈子，趁年轻到地方找一个好位置，也好管管这个家！"

苏宁抬起头，握住妻子的手，缓缓说道："个人生活安逸，那是一个小家庭的事，可我所从事的职业关系到国家的安危。一个人有生之年不为国家、军队做点事，那还有什么意思！360行，唯有军人是用鲜血和生命为祖国服务的，我喜欢这一行！"

正是靠着这种对祖国和人民的拳拳之心，才能使苏宁在军营默默耕耘了22年。他在基层指挥员的岗位上研究的是最高统帅部关心的大课题。他这个普通党员把党和人民的利益融汇于胸中，以他的忠诚、才华和智慧为祖国服务。

北国冬夜，风雪肆虐，寒冷刺骨，部队正在零下20多摄氏度的严寒中执行煤气工程管线的挖掘任务。

刚刚夜战归来的苏宁，披着满身冰霜，拖着疲惫的双腿，推门走进屋来。

王有田副处长急忙迎过去说道："参谋长，今天你一定要睡那个热炕头，你裤子和鞋都湿透了，要生病啊！"

苏宁笑着摆摆手："别争了，都一样。"说完，脱掉湿漉漉的衣服，钻进了炕梢的被窝。

寒夜难挨，王有田睡在炕头还觉冷，可心中却热浪翻滚，思绪万千。参谋长啊！你是全工地最高的首长，可你跳进没膝深的冰水里和战士们一样挥锹抡镐。棉鞋底蹬折了，你换双单鞋继续干；你顶着寒风，坐着锹把，啃硬馒头，喝带冰碴的菜汤；你湿透的衣裤被寒风冻成了邦邦硬的"铁皮"，那腿受得了吗？你腰疼、腿疼，又在拉肚子，多需要一个热炕头啊！我们中间夹着 5 个战士，可你硬是不让任何人换一换！你心里总是想着别人，可恰恰忘了自己！

清晨，只睡了四五个小时的苏宁爬起来就要赶往工地，团后勤处王副处长一把拽住他说："今天你休息，多睡一会儿，我替你去干！"

苏宁感激战友的关怀，动情地说："老王啊！你的好意我领了。施工到了关键时刻，战士们很苦哇！我们当干部的，让别人干的事，自己首先要去干。战士们都在睁着眼睛看我们呢！"说完推门奔向工地。

王有田理解自己的首长。苏宁平时常讲：铁打的营盘，流水的兵，这 1000 多名战士，就像一批批种子，要流向全国各地，我们党员干部的一言一行都会给他们留下很深的烙印。我们担负着继往开来的重任，有责任把战士们培养成开拓的一代、艰苦奋斗的一代、一心为公的一代；必须时时处处言传身教，用自己的风范给群众树立真正共产党人的形象！

这种为党、为祖国增光添彩的强烈责任感，使苏宁在衣食住行诸项生活小事上也处处严于自律。

走进营房中，苏宁那间 9 平方米的背阴寝室，人们发现，这里俭朴到了令人难以置信的程度：硬板床、油漆剥落的两屉桌、竹壳暖瓶、辣椒酱、方便面、挖野菜的小刀……

再看床上，单薄的黄军被、白床单，还有那当战士时用的包着衣服的白包袱。当兵的都明白，这便是军人的枕头。

当年与他一道工作的指导员、教导员、公务员、医生都证明，苏宁军旅生涯22年，就枕在小包袱上安眠。

在这间小屋，作训股长李建村抚摸着苏宁那沾满鲜血的棉线黄绒衣、绒裤、蓝色的腈纶衫，不禁热泪涌出："参谋长啊，这都是10多年的老玩意儿啦，战士都不愿穿了，可你还穿……"

改革开放10多年了，当吃住更好、穿得更舒适成为许多人追求的时候，苏宁这种生活水准使人们难以理解。

妻子为他买来西服、皮鞋，可他不愿穿，还语重心长地告诫自己的弟弟、妹妹和妻子："咱们干部子弟，应该保持爸爸在延安时期那种俭朴的作风，自古以来，各朝各代，像八旗子弟的演变那样，青年人的腐化堕落，往往先从生活的奢侈开始。我们不是享受的一代，而是奋斗的一代。这样才能当好革命事业的可靠接班人！"

延河水的滋养，二十世纪五六十年代学英模的热潮，部队大熔炉的锤炼，形成了苏宁强烈的接班人意识，使他有信心把老一辈举起的红旗接过来，传下去。

透过这间小屋，大家可以发现他远大的理想和抱负：这里的生活用品难以找到一件很时髦的东西，可他的书籍，如《中国军事地理》、《陆军合同战术学》、计算机语言自学读物《BASIC 入门》，却紧贴着时代的潮流。

他没有一部蕴涵思想闪光的日记供我们查考，可他却留下了 50 多万字的论文。那字里行间渗透着对军队、对祖国的无比忠诚。他在这样简陋的条件下，却写出了诸如《2000 年炮兵发展趋势》这样一批展望未来，引起轰动的大文章。他在物质上显得很清贫，可在精神上却是富翁！

1991 年 4 月 21 日，高天蔚蓝，江水潺潺，朝霞像往常一样，抚醒了哈尔滨城下的军营。绿茵茵的草毯，伴随着随风荡漾的杨柳，装点着营地上那连绵整齐的炮群……这一切，显得那么清新、祥和而生机勃勃。

这天上午，按预定计划，炮兵团要进行轻武器实弹射击和手榴弹实弹投掷作业，苏宁抢着去组织危险性较大的投弹训练。

作为部队首长，他完全可以吩咐作训股长组织实施，也可以在下达命令后，自己退入安全地带进行监督。可是，他深知炮兵这方面训练少，坚持进入投掷点监护，先是强调了注意事项，然后做了示范。

十三连投完了，该十二连了。突然，意外情况发生了：修柏岩由于挥臂过猛，弹体碰撞在堑壕的后沿，手榴弹滚落在不到一米外的监护人李印权的脚下。

已经拉掉保险的手榴弹，将在 3.5 秒内爆炸。情况万分危急。

"快卧倒！"苏宁一个箭步扑去，奋力将紧靠手榴弹的两位战友推拉开去。接着，拨开李印权那条腿，双手急速捧起手榴弹，可是弹体尚未出手，突然一声巨响，手榴弹爆炸了。两名战友得救了，苏宁却倒在血泊里。

苏宁平静地躺在手术台上，军衣和台布被染得殷红殷红。

整个炮团处在难以抑制的震惊和悲痛之中，战士们呼喊着如同兄长般的参谋长，发疯似的朝师医院奔去，他们彻夜等候在医院门口，要求献血。他们用自己的津贴买来各种食品，坚持送给参谋长。一位战士死死缠住医生："求求你，救活参谋长吧，只要救活他，要我的什么器官都行。"

此时此刻，参谋长与大家朝夕相处、情同手足、为人师表的数不清的场面，一幕幕浮现在战士们的脑海：逢年过节，战友们回家团聚，参谋长替人值班；小战士病了，半夜三更，参谋长端来热面汤；他管汽车，回家从不坐小车，总是坐班车或挤公共汽车……

此时此刻，保卫股长吴树森呆滞地站在参谋长身边，泪流满面，哽咽不止，心里说："老连长啊，哪儿危险，你总是抢着上哪儿。"

苏宁一生中5次抢险救战友，光是当连长期间，吴树森就碰上过两次。

营区附近的群众得知苏宁负伤的消息，纷纷朝医院跑来。人们无比挂牵这位助人为乐的军人，谁家农忙缺少劳力，苏宁准派人去帮忙；哪位乡亲要是病情严重，苏宁准出现在眼前，还想着法子帮助联系住院。

哈尔滨第七职业中学的教导主任带领学生和老师赶

往医院。孩子们爱戴"军民共建"中的这位校外辅导员。他们没有忘记，在少先队日，在夏令营，在课堂，苏宁一丝不苟地帮他们操练和讲解如何"防化学武器"、打坦克，介绍雷锋、保尔、卓娅与舒拉、刘文学等英雄故事。

听说苏宁负伤，交通民警来了，几位汽车售票员来了，他们感激苏宁，更惦念苏宁。苏宁平时上街，遇上交通堵塞，又无警察，便站到马路中央疏通车辆。每次乘坐公共汽车，他总给群众让座。当他发现抱小孩的妇女没座，就说："哪位同志让个座?"没人让座，他就主动过去，替人家抱孩子。

医院外热血沸腾，医院内万分紧张。211 医院，黑龙江省医科大学第一、第二附属医院派出自己的专家和权威。全市的医疗部门准备了一切抢救药物和器械。

军区首长派来著名的脑外科专家王翠，专家一下飞机，便驱车直奔手术室，制定新的抢救方案。这位著名战地脑外科专家，为苏宁的事迹激动不已，为现代医学不能有效地抢救这位英雄而感到难过。他把直升机留在机场，说："一旦出现转机，我就带苏宁回沈阳治疗。"

时间过得好慢啊！一天、两天、三天……苏宁的伤势急剧恶化，可心脏还在跳动。

这颗充满无限爱心，曾经支配他为数不清的人排忧解难的善良之心，仍然是那样铿锵有力，像是要顽强地启动他的大脑和身躯。仿佛他还懂得总参炮兵部的同志正急切地期待着他从海湾战争受到的启发中，写出更多的有关学术研究的著作；他仿佛还知道部队首长正殷切期望着他能把有关炮兵装备和野战训练方面的改进方案尽快拿出来；他仿佛感应到炮兵团的战友们正在等待他下达新的训练指令；他仿佛已经感觉到两鬓斑白的双亲正在期待着他早日康复；仿佛听到了爱妻还是执拗地坚持明年一定要阖家团聚，过个团圆年的央求；仿佛看到了娇子任韧正瞪着那双充满稚气的大眼睛，任性地坚持爸爸给辅导功课……

4天过去了，英雄的心脏还在跳动。也许因为苏宁事业上的抱负和追求太多，生活上对妻子和孩子的许诺和欠账太多。

不错，这个世界需要苏宁去做的事情相当多，我们的军队，我们的人民，给了我们的英雄苏宁以极深的厚爱和极大的厚望。如果说，以往事业和生活给予和要求苏宁的东西，曾经驱动这颗心脏超常地跳动，那么今天，这颗心脏就该以它惊人的力量战胜这次创伤！围拢在手术室内外坚决不肯离去的炮兵团战友们，丝毫也不怀疑这一点。

苏宁的妻子武庆华赶来了，她不顾一切地扑向自己丈夫。她无法相信头部被纱布紧裹着的这张面容就是自己亲爱的宁宁。作为军医，对这一切既清楚又束手无策。她只能战栗着去抚摸苏宁的手，那只是一双渗透着鲜血的圆纱布团。她绝望地大声呼喊着："宁宁，你的手呢？手呢？！"

苏宁的哥哥苏峰从北京赶到医院时，一遍一遍地请求医生再想想办法，哪怕跟苏宁说上一句话。他一会儿轻轻地将自己的耳朵贴在弟弟的胸部，静静地听那颗心脏顽强地跳动，一会儿去抚摸弟弟的脸和手。他泣不成声地说："宁宁的心脏还跳，体温还有，就该活呀！他前几天还写信给我谈他对海湾战争的看法嘛。"

苏峰就是这样每天每夜厮守在弟弟的身边，俯在苏宁的耳边讲海湾战争、讲孩提时一起学雷锋做好事和挖野菜的往事，讲爸爸妈妈从小寄予他们兄妹 4 人的厚望，他整整讲了八天八夜，仿佛要紧紧地抓住弟弟，不让弟弟离去。

在场的医护人员跟着难过，跟着流泪，他们看到面前这位只有心跳没有思维的伤员，竟是那样高大。

苏宁的脑死亡已经进入第八天，可他那颗滚烫的心仍在跳动，牵动着许许多多关心他、了解他和热爱他的人们！

武庆华的泪水簌簌落下，她捧起苏宁的头颅，深深吻了他的嘴唇。她无法相信这就是诀别，是和恩爱丈夫 10 年生活的最后告别。这是 1991 年 4 月 29 日 18 时 8 分，距苏宁出事已经 9 天，离苏宁和她最后一次见面不到 10 天。

苏宁的父亲苏醒和岳父武守端这两位横刀立马大半辈子的老八路，默默地伫立在苏宁的遗体前。老人家为儿子自豪，苏宁的表现，无愧于他们的教导。几十年来，为了苏宁的成长，他们不知费了多少心思！教他热爱劳动，勤俭朴素；教他英勇无畏，舍己为人，身先士卒；教他热爱祖国，继承传统，攀登现代化高峰……

他们又十分悲痛，苏宁那顽强的毅力，出色的才华，博大的胸怀，令人敬佩的品格，使他们生发出这样一种希望：苏宁有可能成为对祖国贡献更大的后代。然而万万没有想到，半个世纪以前，血与火的战争洗礼，又叠现在面前，使他们无法接受的是，儿子竟会牺牲在他们的前头。

武守端扼腕痛惜：10多天前和自己心爱的女婿构思的关于海湾战争的论文《谈高技术对未来战争的影响》，才刚刚写出题目，他就……

集团军和师里的将军、首长们向苏宁鞠躬敬礼，他们痛惜我们的人民军队失去了一位忠诚战士，一位人才尖子。

师首长说："他的能力，超过许多比他级别高的人。"

团政委王焕来轻轻地走到苏宁的身边，把自己身上的钢笔摘下，插在苏宁的胸前。作为老战友，这是他送给苏宁的最后礼物。

战友们小心翼翼地把一副中校军衔给苏宁戴上，泪水打湿了这金光闪烁的肩章。战友们心里念叨着：参谋长！你的中校军衔刚刚接到两天，怎么连这中校军装还没来得及穿上，就这样匆匆走了呢？

鲜红的中国共产党党旗拥抱着她忠诚的儿子。苏宁静卧在鲜花翠柏之中……你能否听到战友们为你送行奏起的乐曲？你能否听到团长带领全团官兵在你面前的宣誓？你能否听到师长泣不成声的悼文？你听到了，你能够听到。因为你还活在他们的心里！

你看，每当晨曦照耀在炮团营地的时候，你的战士都不约而同地学着你的样子，扎上腰带，蹬上胶鞋，按照你平日的要求严格操练。每当夜晚，战士们一改往日休息和娱乐的习惯，开始像参谋长那样捧起书本研究军事，探讨一个个新课题。你看，就在你牺牲的第九天，炮兵团的阅兵和比武如期举行。

大雨倾盆，苍天哭泣，步伐雄伟，英姿勃勃，战士们那冷峻的面容似乎在诉说：这是你制定的 4 月份训练计划，原定你就是总指挥……

当中央电视台破例在新闻联播节目里连续两次播发有关苏宁的报道时，苏宁的老母亲冯静轩才得知，儿子宁宁就是枕着那个小包袱过了 22 年的人，懊悔不迭，失声痛哭："宁宁，妈妈怎样做，才能弥补这遗憾？"

曾经被苏宁长期接济过的那对修鞋母子，闻讯赶了几十里路找到部队，诉说着苏宁在 5 年间接济送给他们的豆油、大米、白面、衣服和钱款……这对浙江母子像痛失自己的亲人那样悲哀，一遍又一遍地问："这么好的人怎么会走呢？"

从 4 月 21 日苏宁舍身救战友的当天，到苏宁的平凡而伟大的事迹通过新闻媒介在神州大地传开，一切有着

学习标兵

善良心愿和正义感的人们，都在激动和痛惜中感叹：这个年仅 37 岁的高干子弟、一个团职军官，他一生从不打着父辈的招牌，不去摆当官做老爷的架子，而是像雷锋那样做人、像焦裕禄那样做"官"、像陈景润那样去攀登军事现代化的高峰！

苏宁给我们留下了一笔无比珍贵的财富。

本书主要参考资料

《焦裕禄》 河南人民出版社编 河南人民出版社

《焦裕禄的故事》 穆青主编 浙江少年儿童出版社

《永远保持和弘扬焦裕禄精神》 曹景富著 河南人民
　　出版社

《焦裕禄的故事》 刘俊生著 海燕出版社

《焦裕禄式的好干部》 赵继周 赵增越主编 警官教育
　　出版社

《人民的好干部焦裕禄》 山东文艺出版社编 山东文
　　艺出版社

《时代楷模》 朱新民编 人民日报出版社

《雄师劲旅扬国威》 杨春长主编 二十一世纪出版社

《光辉的榜样》 本书编写组 中国文史出版社

《青年的榜样》 中国青年出版社编 中国青年出版社